AF377919

Diffusion et distribution :
Éditions de la corde raide inc.
14, ch. Osborne
L'Ange-Gardien (Québec) J8L 4C1
info@corde-raide.com

Illustration de la couverture : © Gemphotography | Dreamstime.com
Mise en pages, papier et numérique : Carole Lavoie
Direction littéraire : Sophie Michaud
Révision : Maxime Nadeau
Correction : Alain Roux

ISBN 978-2-924263-17-4 (3e édition, 2019)
ISBN 978-2-924263-03-7 (2e édition, 2014)
ISBN 978-2-924263-00-6 (1er édition, 2013)
ISBN 978-2-924263-01-3 (version numérique PDF)
ISBN 978-2-924263-02-0 (version numérique ePub)

Dépôt légal : 2ᵉ trimestre 2019
Bibliothèque et Archives nationales du Québec
Bibliothèque et Archives Canada

Jane O'Neil

Le prédateur

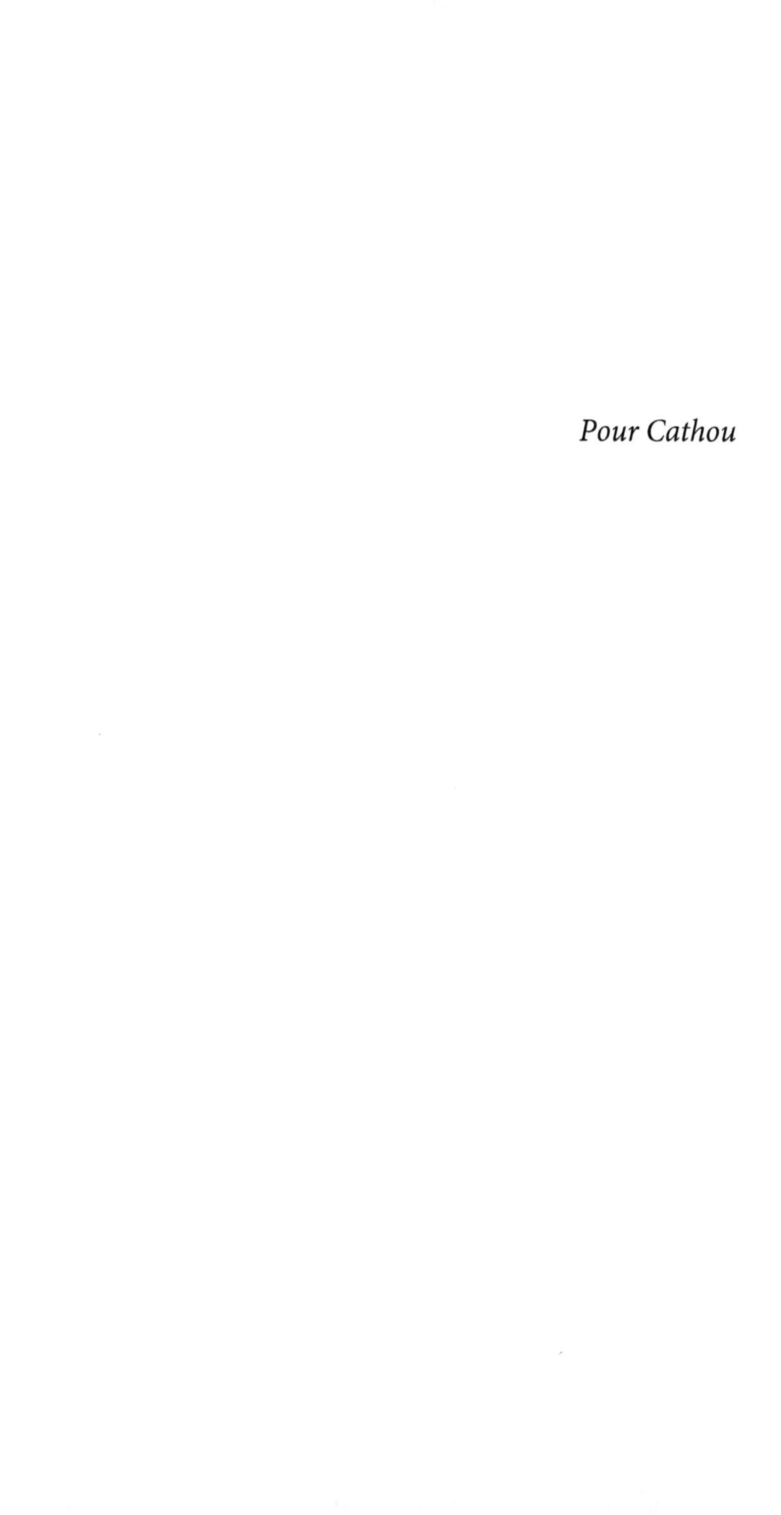

Pour Cathou

1
Prise au piège

Accroupie dans un coin sombre de la caverne, la fillette tentait de contrôler sa peur. Mais les frissons qui parcouraient son corps gracile n'aidaient en rien à la calmer. Si au moins elle avait pu ramener ses bras sur ses épaules, elle aurait pu se réchauffer. Mais par mesure de précaution, son kidnappeur avait pris soin de l'attacher.

Avec un sang-froid inhabituel pour son âge, elle essaya de dénouer la corde qui lui immobilisait les mains derrière le dos. Ses doigts cherchaient à tâtons les boucles qu'elle pourrait distendre pour se libérer. Elle eut beau tirer et tirer encore cependant, les nœuds étaient bien faits et lui résistaient. Après plusieurs minutes d'efforts acharnés, elle perdit patience et donna un violent coup sur le chanvre tressé qui la retenait par un anneau fixé au sol. Mais son geste désespéré n'eut pour ultime résultat que de resserrer ses liens. Totalement découragée, elle se mit à pleurer doucement puis, incapable de contenir plus longtemps sa frayeur et son désespoir, elle éclata carrément en sanglots.

— Arrête de pleurnicher ! gronda une voix basse et menaçante provenant de l'entrée de la caverne.

Sursautant, la fillette s'interrompit, complètement tétanisée. L'homme allait-il recommencer à la tourmenter ? Cela faisait presque une journée entière qu'il avait réussi à l'attirer dans sa voiture. Vingt-quatre longues heures d'angoisse à espérer que ses parents la trouvent et viennent la délivrer. Sans avoir compté, elle en était sûre, car elle pouvait voir le soleil descendre sur l'horizon à travers une mince fente perçant la roche.

— Tiens, je t'ai apporté à manger.

La fillette jeta un coup d'œil sur le sac en papier avant de tourner le dos à l'homme pour chercher à l'ignorer.

— Allons, viens un peu par ici, incita-t-il d'une voix doucereuse. Si tu es gentille, je pourrais même te détacher…

L'invitation était plus que tentante, mais la fillette savait ce qui lui arriverait si elle se laissait convaincre. Elle réprima un haut-le-cœur et bloqua son esprit afin de ne pas penser aux choses horribles que son ravisseur l'avait obligée à faire. Elle tourna son regard vers l'interstice ouvert sur l'extérieur et laissa vagabonder son imagination vers Hansel et Gretel, les personnages de son conte préféré. Elle en était presque rendue à la fin, à l'instant où Gretel réussit à enfermer la méchante sorcière dans le four, lorsqu'elle réalisa que les bruits de froissement de papier, de gargouillis et de liquide qu'on avale avaient cessé. Elle tendit l'oreille pour écouter, espérant secrètement que l'homme était reparti, mais au moment où elle tournait la tête pour vérifier, une main chaude et rude se posa sur son épaule glacée, la faisant hurler de terreur.

* * *

Le chalet loué par mes parents se situait au bord d'un lac tout près de la réserve faunique Papineau-Labelle. C'était la quatrième année de suite que nous emménagions dans cet endroit de rêve pour l'été. Nous nous sentions tellement chez nous qu'il était même question de l'acquérir. J'en étais heureuse, car je m'étais prise d'affection pour ses planches de bois brutes et son toit de tôle vert, décoloré par le soleil. La façade en triangle aurait pu paraître trop haute si elle n'avait été séparée par une large galerie qui se poursuivait sur les côtés. C'était mon endroit de prédilection lorsque je voulais me retirer pour lire ou rêvasser.

Installée au sud, j'avais étalé mes quinze ans sur une chaise longue à l'abri des distractions de la vie quotidienne. Le couvert feuillu était juste assez dense pour laisser passer la lumière nécessaire à ma lecture, sans toutefois m'éblouir totalement. Mais pour l'heure, j'avais délaissé le dernier roman mordant à la mode et débridé mon imagination à travers les brumes de l'amour et du délicieux frisson engendré par le danger d'une relation avec un vampire. J'en appelais presque la vie à m'apporter une bonne dose d'adrénaline lorsque retentirent des pas précipités sur le bois défraîchi du balcon.

— Alex ! Alex !

Soupir. Pas évident de profiter des vacances d'été lorsqu'on est affligée d'une petite sœur de neuf ans…

— S'il te plaît, Alex, viens avec moi ! Si tu refuses, maman ne me permettra jamais d'y aller !

— Laisse-moi tranquille, Jess, tu vois bien que je lis !

— Tu pourras terminer ton livre après, il ne va pas s'envoler.

Dotée d'une logique à toute épreuve, Jessica était aussi très déterminée. Tôt ou tard, elle remporterait la victoire, alors autant capituler. Je décidai tout de même de livrer une dernière bataille et de gagner un peu de temps.

— Bon, OK. Donne-moi encore quinze minutes, juste le temps de finir mon chapitre.

— Non ! Si nous n'y allons pas tout de suite, la navette pour la chasse au trésor sera déjà passée !

Son ton sans appel déclencha à nouveau mes soupirs. Voyant que je tardais à sortir de ma langueur, elle abattit sa dernière carte.

— Émilie vient aussi… avec son frère Jérémy.

Le son mélodieux de ce prénom me fit fermer mon livre d'un coup sec. Jérémy… là, ça changeait tout. Même si la perspective de passer plusieurs heures en pleine forêt à chercher des indices ne me tentait guère, la présence du jeune homme promettait de donner à cet enfer des allures de paradis.

Le frère d'Émilie représentait pour moi l'inaccessible. Il était beau, mystérieux et… interdit. Il m'arrivait souvent de m'asseoir sur une roche plate à bonne distance de la clairière derrière son chalet où il jouait de la guitare avec ses amis, mais il était hors de question que je me joigne à eux. Même si nous étions presque voisins, ma mère me le défendait formellement. Il est vrai que certains soirs, la bière circulait et l'odeur d'une herbe pas tout à fait légale se mêlait aux fins relents du feu de camp qui flottaient jusqu'à ma cachette. L'année prochaine, peut-être… J'aurais seize ans alors. Avec un peu de chance, ma mère serait encline à jeter du lest. Mais pour le moment, je devais admettre que cette chasse au trésor m'offrait une belle opportunité. Émergeant de ma rêverie, je me décidai à bouger, le cœur pris d'une soudaine impatience.

Certaine d'avoir remporté la victoire, Jessica était déjà au téléphone avec Émilie lorsque je fis irruption dans la cuisine. Ma mère, les mains tordues d'angoisse, ne perdit pas de temps et entreprit de nous servir ses sempiternelles recommandations :

— Soyez prudentes les filles, on peut s'égarer facilement dans les bois ! Et puis, n'oubliez pas de mettre du chasse-moustique !

— Maman !

— Bon, d'accord. Mais ne vous éloignez pas trop des sentiers et faites attention aux ours !

Cette ultime mise en garde me parut tellement farfelue que je ne pus m'empêcher d'y répondre moi-même.

— La dernière fois que quelqu'un a vu un ours par ici, c'était en 1929, laissai-je tomber.

J'ouvris le placard, en sortis le pain et m'emparai du beurrier afin de nous confectionner quelques sandwiches.

— Qu'est-ce que tu fais ? s'énerva Jessica.

— La journée sera longue, éventuellement il nous faudra manger.

— J'ai tout ce qu'il nous faut ici, s'enorgueillit-elle en désignant son sac à dos.

Décidément, Jessica avait tout prévu. Par esprit de rébellion, je remis en place le pain et le beurre avec une lenteur contrôlée.

— Dépêche Alex ! Il est presque dix heures ! La navette va bientôt arriver !

Elle fila dehors comme si le feu était pris à ses trousses, me laissant seulement quelques secondes pour attraper ma veste. Ma mère pivota vers moi, un sourire angoissé étirant les coins de ses lèvres.

— Promets-moi de bien veiller sur ta sœur, Alexandra. Tu sais comment elle est…

— Ne t'en fais pas maman, je vais ramener tous ses morceaux.

Je posai un baiser sur sa joue, inspirai profondément et traversai le seuil, les pensées déjà tournées vers cette journée pleine de promesses.

Le fond de l'air était un peu frais pour cette période de l'année. L'été tirait à sa fin, mais le soleil était au rendez-vous. Je resserrai les pans de ma veste autour de mes épaules et rejoignis Jessica, qui sautillait d'impatience sur le bord de la route. L'autobus servant de navette tourna au coin de notre rue avant de rouler sur les derniers mètres pour venir s'immobiliser dans un grincement de freins.

La porte finissait à peine de s'ouvrir que Jessica bondissait déjà pour s'engouffrer à l'intérieur. Je grimpai les quelques marches à mon tour et saluai le conducteur avant de m'avancer dans l'allée. Mon cœur effectua plusieurs bonds dans ma poitrine lorsque j'aperçus le frère d'Émilie, immobile à côté de la seule place disponible dans tout le véhicule. Sentant une légère hésitation ralentir mes pas, je rougis pour la première fois d'une longue journée qui allait complètement changer ma vie. Mais à ce moment-là, je l'ignorais totalement. Si j'avais su…

2
La chasse au trésor

Le trajet jusqu'à l'église de Notre-Dame-du-Pardon me parut aussi long qu'une année. Je le passai entièrement à tenter de me contrôler, essayant de toutes mes forces d'éviter de dévisager ou de toucher Jérémy, tout en écoutant d'une oreille distraite les explications de Jessica. Assise sur la banquette devant la mienne, elle nous étourdissait littéralement en nous abreuvant d'informations concernant la chasse au trésor organisée par le maire du village. Me laissant bercer par le ronron du discours de plus en plus détaillé de ma sœur, je relâchai ma vigilance un instant et tournai la tête vers Jérémy. Erreur! Deux grands yeux verts bordés de cils noirs me fixaient, intrigués. Aussi fascinée qu'une jeune biche prise dans les phares d'une voiture, mon regard accrocha le sien, notant au passage les délicats fils d'or qui illuminaient ses prunelles couleur d'émeraude.

Ce n'était pas la première fois que je voyais Jérémy, mais c'était la première fois que je m'en approchais d'aussi près. Totalement captivée, je laissai mes yeux glisser len-

tement sur son nez fin puis sur sa bouche aux lèvres charnues qui invitaient irrésistiblement au baiser. Des pensées
sournoises s'insinuèrent dans mon esprit, allumant un
feu nouveau dans mon ventre qui remonta insidieusement jusqu'à mes joues.

— Tu t'es fait prendre aussi? demanda-t-il d'une
voix rauque, essayant d'alléger une atmosphère trop tendue.

— Prendre? interrogeai-je d'un air stupide, le ton
rêveur.

— Ben oui, avec la chasse au trésor.

— Ah… ça…

Sortant de ma transe, je réalisai que je fixais ses
lèvres avec une insistance carrément déplacée et rougis de
plus belle. C'était la première fois qu'un garçon produisait
sur moi un tel effet. Peut-être était-ce parce qu'il avait dix-
sept ans…

L'autobus choisit ce moment précis pour rouler
sur un cahot. Le contrecoup me souleva de mon siège et
me projeta presque sur les genoux de Jérémy. Complètement déséquilibrée, je battis l'air des mains pour tenter de
trouver quelque chose à laquelle m'agripper. Mes doigts
rencontrèrent le doux velours d'un chandail bleu et rouge
pendant qu'une paume chaude et ferme se posait sur ma
taille pour m'empêcher de tomber. Le nez enfoui dans le
tissu soyeux, je respirai avec délice un parfum aux accents
de citron vert. Les pointes de limette me firent tourner
la tête et c'est avec le souffle haché comme si je venais de

courir un kilomètre que je levai les yeux pour me noyer à nouveau dans le regard émeraude de Jérémy. Son expression avait changé de registre, passant du « intrigué » au « amusé ».

Le cœur battant la chamade, je me libérai de son étreinte et fis glisser mes fesses sur l'extrême bord de la banquette de vinyle beige. Même si j'avais détourné les yeux, je pouvais encore sentir ses prunelles moqueuses posées sur moi.

Déterminée à l'ignorer, je fouillai dans les poches de ma veste à la recherche de mon iPod. Mes doigts aussitôt refermés sur l'appareil, je vissai l'embout des écouteurs dans mes oreilles et tournai le bouton du volume au maximum. Les premières notes de ma chanson favorite inondèrent mon cerveau et coulèrent dans ma tête, apaisant les battements désordonnés de mon cœur. À la fin du deuxième morceau, j'avais retrouvé mon calme et me sentais en mesure d'affronter de nouveau Jérémy. Occupé à pianoter sur son téléphone cellulaire, il m'ignorait totalement, ce qui me permit de le détailler à mon aise. Ses cheveux noirs, qu'il portait assez longs sur l'épaule, contrastaient singulièrement avec les miens, d'un châtain presque blond. Une boucle indocile avait glissé sur sa joue, masquant en partie son visage aux sourcils bien dessinés. D'un geste agacé, il ramena la boucle derrière son oreille, dévoilant un petit anneau d'or qui attira aussitôt mon attention. Ce bijou lui allait bien. Il lui donnait un air rebelle, ou plutôt bohémien, car je savais qu'il jouait divinement de la guitare.

Son message terminé, Jérémy remisa son téléphone dans la poche arrière de son jeans, mettant fin à ma séance discrète d'investigation. Refusant de me mesurer à nouveau à son regard, je tournai la tête vers la fenêtre et tentai de me concentrer sur le paysage qui défilait devant mes yeux. Des maisons fades, posées sur des bouts de terrain minuscules, se succédaient les unes après les autres. La torture arrivait à son terme, car nous traversions enfin le village. L'autobus ralentit un peu et emprunta le chemin menant au stationnement de l'église. Une foule bruyante avait déjà envahi le site, à tel point qu'il fut difficile pour le conducteur d'atteindre la place prévue pour se garer.

Avant même que le véhicule ne s'arrête, Jessica sautillait dans l'allée, excitée comme une puce à l'idée de se retrouver en pleine forêt pour déchiffrer les indices. Après plusieurs minutes, la porte s'ouvrit enfin pour libérer les passagers. Je descendis à mon tour et attendis que Jérémy me rejoigne avant d'inspirer un grand coup et d'affronter la cohue. Une foule compacte s'était massée devant les tables où s'activaient les bénévoles chargés de procéder aux inscriptions. Jessica et Émilie s'étant déjà précipitées, je décidai de rester à l'écart et d'observer les nombreux participants tout en tentant d'ignorer les délicieux frissons engendrés par la présence de Jérémy à mes côtés.

Les gens s'étaient rassemblés en petits groupes pour discuter des stratégies en vue de l'épreuve à venir. Je reconnus quelques voisins, plusieurs jeunes de mon âge et constatai que même les adultes s'étaient laissés prendre au jeu. La course promettait d'être serrée.

Après ce qui me parut une éternité, Jessica et Émilie revinrent en galopant nous coller une étiquette rouge et blanche sur laquelle on pouvait lire nos noms ainsi que le numéro de notre équipe. Je me penchai un peu afin de découvrir lequel nous avait été assigné. Vingt et un. Me sentant l'âme d'un joueur de black jack, j'espérai que ce chiffre magique saurait au moins nous porter chance.

Nous patientâmes quelques minutes avant que l'un des organisateurs nous indique de nous placer sur la ligne de départ avec la vingtaine de quatuors inscrits. Tout en écoutant les instructions d'une oreille distraite, mes yeux parcoururent la lisière de ce qui constituerait notre environnement pour la journée. Les bois étaient silencieux en cette fin de matinée. La nature semblait retenir son souffle devant cette masse grouillante d'êtres humains qui s'apprêtait à envahir son territoire.

Une jeune femme portant un badge annonçant son statut de bénévole remonta notre ligne en distribuant une enveloppe à chacun des chefs de groupe. Mon ignorance totale quant au contenu de ce pli me fit réaliser que je n'avais rien assimilé des explications données un moment plus tôt. Je me tournai vers Jérémy en espérant qu'il avait écouté avec un peu plus d'attention. Son regard moqueur et son sourire malicieux vinrent à la rencontre de ma question muette. Après quelques secondes de suspense, il consentit enfin à m'éclairer :

— Cette enveloppe contient les instructions pour se rendre au point d'origine de la chasse au trésor, dit-il. Chaque équipe a une position de départ différente, mais le fil d'arrivée est le même pour…

Une voix nasillarde sortie d'un mégaphone interrompit son brillant exposé :

— À mon signal, allez-y ! Partez !

Le bruit assourdissant de vingt-deux plis qu'on déchire se fit entendre, puis une armée de chercheurs d'indices se lança à l'assaut de la forêt en quête du premier repère. La course infernale venait de commencer… Je laissai échapper un profond soupir, nouai ma veste autour de ma taille et m'élançai à la suite de mon équipe.

3
Un début prometteur

Jérémy avait sûrement promis, lui aussi, de veiller sur sa sœur, car il refusait carrément de la laisser le distancer. L'enthousiasme des deux plus jeunes me força à accélérer l'allure et c'est avec le souffle un peu court que je rejoignis la troupe au pied d'un chêne sur lequel se détachait, en grosses lettres blanches, le nombre vingt et un. Au pied de l'arbre, une petite boîte grise attendait d'être découverte, impatiente de délivrer son secret.

Jessica et Émilie tendirent toutes deux la main afin de saisir l'objet de leur convoitise. Refusant l'une et l'autre de céder du terrain, elles entreprirent de se chamailler bruyamment jusqu'à ce que Jérémy se décide enfin à faire cesser les hostilités. La journée promettait d'être longue…

Je poussai un nouveau soupir et m'assis sur un tronc d'arbre renversé, laissant avec plaisir la direction des opérations au seul mâle du troupeau. Il se débattit un instant avec le couvercle du réceptacle, puis en extirpa un bout de papier plié sur lequel on pouvait lire la première énigme.

— Au soleil levant, je suis couché, annonça-t-il.

Jessica et Émilie se regardèrent, perplexes. Qu'est-ce que ça pouvait bien vouloir dire ?

— Je sais ! s'écria soudain Émilie. C'est quelque chose en forme de soleil qui est couché !

Elle tourna sur elle-même en cherchant au ras du sol, un objet rappelant l'astre du jour. Jessica, habituellement logique, semblait quant à elle complètement perdue. N'admettant pas facilement la défaite, son petit visage exprimait un profond désarroi. Jérémy reprit la parole avec une idée pas mal du tout.

— Il doit s'agir d'un truc qui vit la nuit et dort le jour. C'est peut-être une sculpture d'animal, ou quelque chose du genre…

Ma sœur et son amie s'employèrent à chercher aux alentours n'importe quoi pouvant rappeler la forme d'un animal pendant que Jérémy se perdait dans ses réflexions. Profitant de son inattention, j'entrepris de le détailler. Il était grand, me dépassant d'une bonne tête. Ses jambes longues et musclées se dessinaient sous son jeans en parfaite harmonie avec ses épaules carrées et ses mains, elles aussi bien proportionnées. Il avait une démarche assez particulière. On aurait dit que derrière chacun de ses pas planait un mystère.

Mon regard s'attarda sur les vêtements qu'il portait ce jour-là. Son pantalon délavé était assorti à un chandail un peu chaud pour la saison, mais le tissu rouge et bleu que j'avais à peine effleuré du bout des doigts était si doux, si confortable, que je dus refréner l'envie soudaine de m'élancer pour me blottir dans cette accueillante chaleur. Je laissai ensuite mes prunelles remonter sur sa bouche aux lèvres pleines qui s'ouvrirent sur un sourire gourmand. Surprise, je levai les yeux et rencontrai son regard magnétique qui m'hypnotisa sur le champ. Il me garda prisonnière pendant un long moment, puis sa voix de velours me sortit de ma transe :

— Tu ne nous aides pas beaucoup, Alex…

Je le fixai d'un air idiot. Il possédait une telle emprise sur moi que c'en était effrayant. Je me secouai un peu pour me libérer et rassembler mes esprits avant de déclarer :

— Le soleil se lève à l'est non ? Eh bien, il faut chercher quelque chose qui est couché à l'est. Une souche peut-être ?

Un à zéro pour moi. Son regard amusé venait de changer de registre pour monter en grade sur l'échelon « impressionné ». Je me redressai et pris le temps d'enlever les grains de sable imaginaires restés collés à mon jeans. Je me dirigeai ensuite en direction du soleil levant et m'arrêtai au pied d'un imposant tronc d'arbre que les intempéries avaient rongé, creusant un trou assez profond pour servir de refuge à un animal. Sûrement une famille de lièvres. À moins qu'il ne s'agisse d'autre chose… Avec une soudaine inquiétude, j'observai l'ouverture, mais je ne vis rien bouger. Prenant mon courage à deux mains, je m'agenouillai et commençai à fouiller à travers la mousse et les copeaux à la recherche de l'indice, pleinement consciente que Jérémy s'approchait d'un pas lent. Au moment même où je sentais les volutes de son odeur citronnée, je refermai la main sur une boîte métallique.

Tentant de calmer les frissons incontrôlables que sa proximité avait déclenchés, je m'empressai de m'éloigner et d'exposer l'objet au grand jour. Il s'agissait d'un réceptacle identique à celui découvert au pied de l'arbre vingt et un. Je l'ouvris et en retirai aussitôt un morceau de papier plié.

— Faire cinquante pas vers le nord et chercher une flèche rouge, annonçai-je.

— Jessica ! Émilie ! Par ici ! appela Jérémy.

Les deux amies se précipitèrent vers nous.

— Vous avez trouvé ? hurla presque Jessica en réajustant les bretelles de son sac à dos.

— Chut ! intima Jérémy. Il ne faut pas alerter les autres participants. Ce ne serait pas la meilleure façon de gagner, ajouta-t-il.

Jessica baissa les yeux, contrite. Puis, avisant le sourire en coin de Jérémy, elle réalisa qu'il se moquait d'elle et s'insurgea :

— Ça ne dérange rien ! Personne n'a le même parcours !

Il rit en lui ébouriffant les cheveux.

— Alex a découvert l'indice, annonça-t-il. Il nous faut faire cinquante pas à partir de la souche en nous dirigeant vers le nord. À cet endroit, nous devrions trouver une flèche rouge.

— Le tout est de savoir exactement où se situe le nord, dis-je.

— Pas de problèmes, répondit ma sœur.

Elle retira son sac à dos et descendit la fermeture à glissière du premier compartiment.

— Tadam! claironna-t-elle en exhibant une petite boussole.

Elle avait vraiment pensé à tout…

— Est-ce que tu sais t'en servir? interrogea Jérémy.

— Bien sûr! Je l'ai appris au camp de vacances. C'est très facile! Regarde!

Elle se dirigea vers la souche, s'immobilisa et consulta l'instrument. L'aiguille aimantée pointant vers le nord magnétique, elle marcha en faisant de bonnes enjambées tout en comptant ses pas.

— Cinquante! annonça-t-elle. La flèche rouge devrait se trouver par ici.

Nous la rejoignîmes et commençâmes à chercher. Rien. Pas l'ombre d'une flèche rouge à l'horizon. Après plusieurs minutes, je déclarai forfait.

— Tu t'es peut-être trompée dans tes calculs, avançai-je.

— Ou bien tu as fait des pas trop longs, ou trop courts, ajouta Jérémy. Prête-moi ta boussole, je vais essayer.

Jessica ne protesta pas et réfléchit en regardant Jérémy effectuer de nouveau le trajet.

— Cinquante! annonça-t-il à son tour. Je suis à peu près au même endroit que toi. C'est à n'y rien comprendre.

Jessica s'approcha en silence et examina le sol aux pieds de Jérémy. Elle chercha quelques minutes, puis s'accroupit pour fixer son attention sur un point en particulier.

— Ce n'est pas rouge, mais on dirait bien une flèche, non?

Je m'agenouillai à mon tour pour découvrir un bout de branche cassée, pliée à quatre-vingt-dix degrés. Cette dernière indiquait l'est.

— C'est du cèdre rouge, annonça Jérémy en se penchant. C'est sûrement là que se trouve notre indice.

— Comment le sais-tu? demanda Jessica d'un air suspicieux.

— Eh bien... Je suis déjà allé dans un camp de vacances, moi aussi.

Acceptant l'explication, Jessica enleva le rameau et balaya les feuilles et les aiguilles de pin afin de dégager le sol. Il semblait évident qu'à cet endroit la terre avait été fraîchement remuée. S'emparant d'un morceau d'écorce, elle creusa et ne mit pas longtemps à dénicher la boîte tant convoitée. Tenant son trésor en main, elle se releva d'un bond en l'exhibant fièrement.

— J'ai trouvé !

— Dépêche-toi d'ouvrir ! s'impatienta Émilie.

Presque frénétiquement, Jessica souleva le couvercle de métal pour en sortir le carré de papier familier. La chasse devenait excitante, et je commençais à me prendre au jeu, ce qui avait pour avantage de me faire oublier le trouble provoqué par la présence de Jérémy.

— Je murmure alors que l'oiseau chante, déclama Jessica.

— Il me semble qu'on dit que les ruisseaux murmurent, réfléchit Jérémy.

— Il faut donc trouver un cours d'eau. Mais dans quelle direction ? interrogea Émilie.

— Peut-être à l'est, émis-je. C'est par là qu'indiquait la flèche rouge.

— Bonne idée. Commençons par localiser le ruisseau, ensuite nous chercherons une explication pour l'oiseau qui chante.

Jessica reprit sa boussole et se dirigea vers l'est, suivie de près par Émilie, qui portait le sac à dos. Pratiquement sûrs que les deux fillettes trouveraient le cours d'eau, Jérémy et moi restâmes un peu en retrait. Je m'obligeai à centrer mon attention sur les bois environnants pour oublier la brûlure que je ressentais à l'endroit où je savais ses yeux posés sur moi. J'avais terriblement envie de me retourner pour le regarder, mais je réussis à me retenir jusqu'à ce qu'il me touche la joue avec sa main. Je fermai les paupières pour savourer cette caresse et ralentis un peu le pas.

— À quoi tu penses? demanda-t-il, le regard rivé sur moi.

— Euh, à rien, mentis-je en rosissant légèrement. J'écoutais juste le chant des oiseaux.

— OK, concéda-t-il. Alors, lequel est le plus beau?

Prise à mon propre jeu, je rougis de plus belle.

— Eh bien… je ne sais pas. En fait, je ne connais rien aux oiseaux.

Nous marchâmes quelques instants en silence, l'oreille tendue jusqu'à ce qu'un sifflement mélodieux éclate en écho à travers la forêt.

— Celui-là! dis-je dans un souffle. Celui-là est très beau!

— C'est vrai, approuva Jérémy. C'est un de mes chants préférés.

— Quel oiseau est-ce ? demandai-je en écoutant de nouveau l'harmonieux ramage.

Jérémy s'arrêta au pied d'un érable et leva les yeux vers la frondaison avant de répondre :

— C'est un bruant à gorge blanche, et j'ai l'impression qu'il appelle son ami.

— Comment ça ? fis-je, totalement incrédule.

— Quoi ? Tu n'entends pas ? dit-il en me jetant un regard étonné.

Il tourna la tête vers le feuillage et entreprit de chanter :

— Où es-tu, Frédéric, Frédéric, Frédéric ?

Je le regardai, l'œil sceptique pendant que nous écoutions le passereau qui s'exécutait de nouveau.

— OK. D'accord, admis-je, plus ou moins convaincue.

Jérémy me répondit avec un sourire moqueur avant de reprendre la marche, réalisant que nous nous étions fait distancer. J'entrepris de le suivre en accélérant le mouvement jusqu'à ce que j'aperçoive Émilie et Jessica un peu plus loin devant nous. Soulagée, je jetai un coup d'œil à ma montre, constatant que nous marchions depuis un bon vingt minutes. C'est à ce moment-là que je l'entendis. Un grondement sourd et menaçant.

Relevant subitement la tête, je vis Jessica qui s'était arrêtée, totalement pétrifiée. À vingt pas devant elle, un ours la fixait, les babines retroussées sur ses dents.

4
Une mauvaise rencontre

Je m'approchai tout doucement des deux amies et chuchotai :

— Ne bougez pas.

Jérémy reprit ses esprits et me rejoignit le plus silencieusement possible. Le plantigrade au pelage noir était visiblement énervé. Il se balançait de droite à gauche en lâchant un grondement sourd de temps en temps. J'espérai de tout cœur que ce n'était pas une femelle qui cherchait à protéger ses petits, auquel cas nous n'aurions aucune chance.

Je saisis ma sœur et son amie par l'épaule et les fis passer derrière moi. Puis, je commençai à reculer lentement tout en parlant doucement à la bête pour essayer de la rassurer. L'ours cessa ses balancements et ses grondements, mais avança d'un pas, les babines toujours retroussées et le museau au vent, analysant notre odeur.

Jessica poussa un petit cri et bondit en arrière. Je levai les mains et tentai de l'apaiser.

— Il n'y a pas de danger, Jess, murmurai-je. Il est juste curieux. Continue de reculer lentement. Si nous lui laissons assez d'espace, il devrait s'en aller.

— Comment le sais-tu ? interrogea Jérémy, tout bas.

— Je lis beaucoup…, répondis-je après un silence.

Ne quittant pas l'ours des yeux, nous cheminions vers l'arrière, mais l'animal ne faisait pas mine de vouloir partir. Soudain, il se hissa sur ses pattes postérieures en humant l'air de ses narines palpitantes.

— Qu'est-ce qu'il a ? demanda Jérémy, de la panique plein la voix. On dirait qu'il est attiré par quelque chose.

Je réfléchis une seconde et pensai au sac à dos de ma sœur.

— Jessica, qu'est-ce que tu as mis dans ton sac ?

Elle prit quelques secondes pour se ressaisir avant de faire le tour de sa mémoire afin de m'énumérer les articles :

— Une canette de chasse-moustique, une lampe de poche, une carte, une boussole, des bouteilles d'eau, des barres de céréales et des sandwiches.

— Quelle sorte de sandwiches ? demandai-je aussitôt.

— Au beurre d'arachides et au miel, laissa-t-elle tomber, désolée.

— Eh bien, les voilà les coupables ! Reculant toujours en ne lâchant pas l'ours des yeux, je me saisis du sac à dos et entrepris de l'ouvrir pour en extirper les sandwiches. Nourrir les bêtes sauvages n'est jamais une bonne idée, mais je décidai que la situation était désespérée et que nous pouvions faire une exception pour cette fois. Il me faudrait juste bien l'expliquer à Jessica après coup.

Je me débattis quelques secondes avec l'emballage minutieusement confectionné par ma sœur et réussis enfin à libérer l'incriminant morceau de pain gorgé de miel. L'ours me prit par surprise en accélérant l'allure. Avec un petit cri, je lançai les sandwiches et, totalement paniquée, laissai tomber le sac à dos pour m'enfuir à la suite du reste du groupe.

Je courus un long moment, l'esprit complètement vide. Les branches basses me fouettaient le visage et les buissons d'épine m'égratignaient les cuisses à travers mon jean déchiré. La forêt alentour résonnait de hurlements de terreur. Lorsque je m'arrêtai enfin, je constatai que j'étais seule au milieu de nulle part. Je me penchai, les mains appuyées sur les genoux afin de reprendre mon souffle. Puis, j'essuyai une traînée rouge qui suintait d'une éraflure zébrant ma joue.

Ma respiration revenue à peu près à la normale, j'écoutai un moment pour vérifier que la bête ne m'avait pas suivie. Rassurée par le silence uniquement percé du bruit agaçant des insectes venus s'abreuver à mon sang, je commençai à appeler mes amis.

— Jessica ! Émilie ! Jérémy !

Seul le chant des oiseaux me répondit. Je réitérai mes appels plusieurs fois en vain. Fatiguée, vidée et désespérée, je m'assis sur une pierre plate recouverte de mousse et pris conscience de l'horreur de ma situation. J'étais complètement perdue. Je n'avais ni eau, ni nourriture, ni boussole et j'avais perdu mes compagnons. Je pensai subitement à ma sœur que j'avais promis de protéger et un lourd sentiment de culpabilité acheva de m'anéantir. Je pleurai toutes les larmes de mon corps.

Je m'apitoyais sur mon sort depuis un bon dix minutes lorsque j'entendis crier au loin. J'essuyai mes joues du revers de la main et bondit sur mes pieds en tendant l'oreille pour écouter. Ignorant ma fatigue et mes écorchures, je me frayai un chemin parmi la jungle de pins et autres résineux qui s'évertuaient à me ralentir.

— Je suis ici ! hurlai-je.

J'avais beau m'époumoner, il me semblait que les appels s'éloignaient de plus en plus. Habitée par l'énergie du désespoir, je forçai le passage, essayant d'oublier les éraflures que les branchages dessinaient sur mon corps meurtri.

Au détour d'un sentier, les cris se firent plus proches, augmentant ma détermination à retrouver mes amis. Je rassemblai mes forces et courus dans leur direction jusqu'à entrevoir un bout de tissu bleu et rouge à travers les arbres. Enfin ! Je dévalai les derniers mètres comme une possédée et vint m'aplatir contre le chandail de Jérémy que j'entrepris de tremper avec mes larmes de soulagement. Ses bras se refermèrent aussitôt sur moi, en un geste protecteur. Je me sentais tellement bien que je me laissai aller complètement.

Après un moment qui me parut trop long et trop court en même temps, je relevai les yeux et me perdit dans ses prunelles pailletées d'or. J'y aperçus un mélange de surprise et d'ironie. Réalisant ce que je venais de faire, je commençai à m'agiter. Il ouvrit les bras pour me libérer. Je m'expulsai de son étreinte comme s'il m'avait brûlée et me tournai vers Jessica et Émilie, assises côte à côte sur une roche. Elles m'observaient sans comprendre, les yeux remplis de points d'interrogation.

Mon visage prit une teinte rouge foncé et je refrénai l'envie soudaine de m'enfuir à nouveau.

— Désolée, marmonnai-je.

Jérémy me fixait en silence pendant que ma sœur et son amie me regardaient elles aussi, toujours intriguées. Au summum de l'embarras, je tentai de reprendre contenance en prenant le contrôle des opérations.

— Bon. Premièrement, il faut trouver où nous sommes. Jessica, ta boussole nous serait bien utile, dis-je en tendant la main.

— Effectivement. Si tu n'avais pas si gentiment donné mon sac à dos à l'ours, elle serait utile, répondit-elle avec une pointe de sarcasme dans la voix.

Cette dernière réplique acheva de m'anéantir. Comment avais-je pu être assez bête pour égarer le précieux sac qui contenait tout notre matériel de survie? Je me laissai tomber au sol et me repliai sur moi-même. Après quelques minutes, Jérémy s'approcha doucement et me tendit la main.

— Au moins, l'ours ne pourra pas se perdre, souffla-t-il.

L'image du plantigrade en train de tourner la boussole dans tous les sens me fit sourire. Je pris sa main avec reconnaissance et me relevai. Je secouai mes vêtements, essayant de remettre un peu d'ordre dans tout ce gâchis, et levai les yeux vers Jérémy. À ce moment-là, il fixait l'horizon et son regard affichait une telle détermination que j'eus l'intime conviction que nous allions nous en sortir. Du moins, c'est ce que j'espérai.

5
Perdus dans les bois

Lorsqu'on se perd dans les bois, la première chose à faire, à mon avis, est de trouver ce qui ressemble le plus possible à un sentier et de le suivre. Je fis donc un tour sur moi-même en examinant la forêt. Il n'y avait que des arbres à perte de vue. Désespérée, je jetai un coup d'œil en direction de Jérémy et constatai qu'il avait eu une meilleure idée que la mienne. Tenant son téléphone cellulaire à la main, il marchait à la limite de la clairière pour tenter de capter un signal.

— Je l'ai! s'écria-t-il soudain, le visage illuminé.

Le cœur gonflé par l'attente, je l'observai pendant qu'il composait les chiffres pour un appel d'urgence.

— Allô! hurla-t-il presque dans l'appareil en percevant la voix de la standardiste. Nous sommes perdus en forêt et… Allô! Vous m'entendez?

Un frisson de déception me traversa l'échine lorsque je compris que la ligne avait été coupée.

— Essaie encore ! lui intimai-je en me rapprochant de la limite des arbres où il se tenait, le doigt enfonçant les boutons.

— Allô ! Allô ! Il n'y a rien à faire, s'impatienta-t-il après plusieurs tentatives. Je perds le signal !

Il continua à composer le numéro des urgences pendant plusieurs secondes avant de pousser un long soupir et de se résigner à ranger l'appareil dans la poche arrière de son jeans.

— Je vais réessayer plus tard, promit-il en fuyant mon regard. Mais, en attendant, il faut chercher une autre solution.

Je l'observai à la dérobée, mon cœur palpitant dans ma poitrine pendant qu'il se dirigeait en réfléchissant vers Émilie. Son expression était aussi fermée qu'un tombeau, mais j'avais l'intuition que quelques zébrures rayaient le marbre de son impassibilité. Je frissonnai d'angoisse. Si Jérémy craquait, je ne donnais pas cher de notre peau. Tout reposerait alors sur ma capacité à prendre les bonnes décisions, et je n'étais pas certaine d'être apte à nous sortir de ce mauvais pas. J'entrepris de me ronger un ongle en sentant le poids des responsabilités peser sur moi comme une chape de plomb sur mes épaules. Il fallait à tout prix que je me ressaisisse et trouve une solution.

Fébrile, je refis un tour sur moi-même en scrutant la forêt, mais le rideau vert refusait obstinément de s'ouvrir à moi pour dévoiler un chemin.

Je fermai alors les yeux et inspirai profondément pour me forcer à me calmer. Après plusieurs longues et profondes respirations, je soulevai les paupières et posai à nouveau mon regard sur la lisière des arbres qui s'étalaient devant moi. Après quelques secondes d'observation plus attentive, j'entrevis une trouée à travers quelques érables où il me sembla apercevoir un passage. J'allais ouvrir la bouche pour en informer mes amis lorsque Jérémy me devança en prenant la parole :

— Je crois que la meilleure chose à faire serait de trouver un ruisseau. Nous sommes assez près de la rivière du Lièvre, les petits cours d'eau vont forcément s'y jeter.

Il avait raison. Si nous atteignions la rivière du Lièvre, nous étions sauvés.

— Bonne idée, acquiesçai-je, mon angoisse un tantinet soulagée. À ton avis, quelle direction devrions-nous prendre ?

— Il est un peu plus de midi. La position du soleil devrait indiquer le sud, dit-il, le ton empreint d'une nouvelle assurance. Je crois que nous devrions aller par là, ajouta-t-il après avoir levé les yeux vers le ciel afin de repérer l'astre du jour.

— Mauvaise idée ! fit une voix derrière nous.

Jérémy et moi nous tournâmes d'un seul bloc.

— Et pourquoi donc, mademoiselle « je-sais-tout » ?

Mon regard vrilla celui de ma sœur. Son intervention inopinée risquait de saper le peu de confiance que nous avions réussi à retrouver. Elle prit le temps de me dévisager longuement avant de s'expliquer :

— Parce que le soleil n'est pas nécessairement pile au sud à midi.

— Qu'est-ce que tu veux dire ? demanda Jérémy, incertain tout à coup.

— Ça dépend dans quel fuseau horaire nous sommes, nous apprit-elle. Et ça dépend aussi de l'endroit où nous nous trouvons. Le soleil est au sud quelque part dans notre fuseau horaire, mais pas automatiquement ici.

Sa logique implacable fit taire nos prochaines questions.

— En plus, ajouta-t-elle en se relevant, le soleil va bouger. Donc, si nous le suivons, nous risquons de tourner en rond.

— Alors, qu'est-ce que tu suggères ? lui demandai-je. Tu dois bien avoir une idée ? Non ?

Pendant quelques secondes, elle fixa mes yeux. Puis, son menton se mit à trembler et des larmes silencieuses coulèrent sur ses joues. Elle baissa la tête.

— Je ne sais pas, dit-elle tout bas. Pendant les camps de vacances, nous ne nous sommes jamais perdus.

Mon cœur fit un bond dans ma poitrine et j'eus le réflexe de la prendre dans mes bras. Mais je fis taire mon instinct et retint mon geste. Je venais tout juste de voir la confiance de Jérémy vaciller. La pire chose à faire, à mon avis, serait de me laisser abattre et de rendre les armes.

Je réfléchis quelques instants en évaluant les diverses possibilités qui s'offraient à nous. La première consistant à rester sagement ici en espérant les secours. Mais sans eau ni nourriture, l'attente risquait d'être longue, sinon fatale. Le temps que quelqu'un réalise que nous avions disparu, que l'on organise les recherches et que l'on nous retrouve, il pourrait se passer plusieurs heures, pour ne pas dire plusieurs jours. Il y avait, bien sûr, l'appel que Jérémy avait presque réussi à faire, mais je doutais fort que la standardiste des urgences soit parvenue à le localiser. Il nous fallait donc bouger pour, tout au moins, trouver les éléments nécessaires à notre survie.

— J'ai peut-être une idée, annonçai-je finalement en rompant le silence pesant qui s'était installé. J'ai vu un sentier juste à côté. Avec un peu de chance, il pourrait s'agir d'une piste utilisée par les animaux pour se rendre à un point d'eau. Je propose de le suivre, tout en gardant un œil sur le soleil. Et en essayant, bien sûr, de ne pas tourner en rond, ajoutai-je en jetant un regard en coin à ma sœur.

— D'accord, acquiesça Jérémy après quelques secondes de réflexion. Ce sera toujours mieux que de rester ici à attendre.

J'ouvris la marche d'un pas que je voulus assuré. Jérémy fit passer les deux petites filles devant lui, et nous nous dirigeâmes vers le début de ce que je pensais être une piste. Arrivée à la trouée aperçue quelques instants plus tôt, j'écartai quelques branches et découvrit le chemin en question. La forêt était dense, mais il y avait effectivement un tracé étroit qui semblait piétiné à travers les arbres.

Jessica se faufila la première pour emprunter le sentier. Émilie, qui la collait comme une seconde peau, lui emboîta le pas de sa démarche mal assurée. Tenant toujours les branchages d'une main, je fis signe à Jérémy de passer, puis je fermai la marche en posant le pied à mon tour sur la route improvisée.

Le soleil perçait à travers les feuillus, mais il était difficile de le garder au sud. Il nous fallait obligatoirement suivre les méandres du sentier qui serpentait entre les arbres et les rochers. Contrairement à l'homme, les animaux ont pour habitude de pratiquer la voie la plus facile. Leurs tracés ne sont donc pas nécessairement droits. Au moins, le sol légèrement incliné et la température clémente nous permettraient de ne pas nous déshydrater trop rapidement. Les moustiques cependant étaient assommants. Ils bourdonnaient autour de nous sans arrêt, ajoutant au vertige causé par la soif, la fatigue et la faim. Après trois heures de ce régime, nous marchions comme des zombies, ne pouvant réfléchir à rien de plus que de mettre un pied devant l'autre.

Pour tout dire, cet état d'esprit m'arrangeait. Cela m'évitait de penser à Jérémy. La manière dont j'avais réagi, lorsque j'avais retrouvé mes amis, me déconcertait totalement. Et le seul souvenir de la façon dont je m'étais jetée dans ses bras suffisait à faire monter le sang à mes joues. J'avais la nette impression d'être trahie. Ce corps, que j'habitais depuis quinze ans, échappait à mon contrôle aussitôt qu'il se trouvait à moins de trois mètres de Jérémy. C'était frustrant et grisant à la fois. Mais aussi effrayant. Comme si j'étais prisonnière d'un chariot de manège, qui grimpait à l'assaut de la dernière montagne russe avant de se lancer dans le vide. Cette image décrocha mon cœur, qui se mit à battre de façon désordonnée. J'essayai de me calmer en pensant à autre chose.

Jérémy trébucha, réduisant mes efforts à néant. Il se reprit de justesse, mais le mal était fait. Mes yeux avaient quitté le sol pour se poser sur lui. Je détaillai ses épaules larges et les imaginai complètement nues. Je devinais aisément le jeu des muscles que la marche devait animer. Mon esprit, échappé à tout contrôle, s'enhardissait de minute en minute. Mon regard descendit lentement vers le bas de son dos et s'arrêta sur ses fesses, qu'il avait rondes et fermes. Comme si un sixième sens l'avait averti, il tourna la tête au même moment. Le plaisir coupable devait se lire sur mon visage et le rouge sur mes joues s'intensifia. J'avais détourné les yeux, mais le sourire ironique de Jérémy me disait assez clairement que je ne l'avais pas fait assez rapidement. La confusion acheva de s'emparer de moi et je me pris les pieds dans une racine, tombant de tout mon long.

Preux chevalier, Jérémy s'empressa de me tendre la main, les coins de sa bouche remontant d'un cran. Furieuse contre moi-même, j'ignorai son aide et entrepris de me relever. Une douleur aiguë vrilla ma cheville lorsque je posai le pied au sol. Je poussai un petit cri et m'étalai de nouveau. Le sourire de Jérémy s'effaça.

— Ça va ? demanda-t-il, un soupçon d'inquiétude dans le regard.

Question stupide… Bien sûr que non, ça n'allait pas ! J'essayai de mettre toute la fureur possible dans ma voix, mais elle me trahit à son tour en laissant faiblement échapper :

— Je me suis tordu la cheville… je crois.

— Fais-moi voir, dit-il en s'emparant d'autorité de ma jambe.

Je repoussai sa main et tentai de me relever de nouveau. Il me rassit doucement mais fermement et commença à délacer ma chaussure. Je ne pus retenir une grimace de douleur lorsqu'il retira mon espadrille et mon bas. Son sourire narquois m'intrigua cependant, et je baissai les yeux sur mes ongles peints en bleu azur. Ma séance de pédicure avec mes amies se rappela à ma mémoire et je rougis de plus belle. Se colorer les doigts de pied n'était pas un crime en soi, mais les regards moqueurs de Jérémy avaient le don de me rendre mal à l'aise. Je lui retirai mon pied d'un coup sec et remis ma chaussette afin de cacher le vernis incriminant.

— Ça n'a pas l'air trop grave, dit-il en se relevant. Mais je peux te porter si tu veux…

Cette seule idée eut pour effet de provoquer ma guérison immédiate et définitive. J'allais marcher jusqu'à ce que mon pied se détache de ma jambe s'il le fallait, mais il était hors de question que Jérémy me prenne dans ses bras. J'en mourrais d'embarras. Ou de joie…

Ma cheville commençait à enfler, mais je l'ignorai et me rechaussai. Boudant toujours la main tendue de Jérémy, je me remis debout péniblement. J'avais craint de ne pas pouvoir poser le pied au sol, mais la douleur était supportable finalement. Je repris la route en claudiquant, et nous rejoignîmes Jessica et Émilie qui s'étaient effondrées un peu plus loin sur le sentier.

6
Le ruisseau

Jérémy courut sur les derniers mètres en constatant que sa sœur pleurait en silence. Il se pencha vers elle et la prit dans ses bras en tentant de lui insuffler un peu de son énergie avant de lever la tête et de poser ses yeux sur moi. Nos regards s'accrochèrent. J'y lus dans le sien le reflet de ma propre peur, mais autre chose aussi. Comme une sorte de regret.

Mon cerveau ralenti par la fatigue essaya tant bien que mal de décrypter ce que je venais d'apercevoir. Regret de quoi ? De ce qui aurait pu être ? Il était vrai que, nos vies étant en danger, la possibilité que nous puissions approfondir cette attirance entre nous était plutôt mince. Mais y avait-il vraiment une attirance ? Jérémy éprouvait-il la même chose que moi ? N'était-ce pas mon imagination débridée qui galopait vers les chimères que je m'étais créées ? J'avais un tel désir de romance que je m'imaginais n'importe quoi.

Je chassai ces idées folles de mon esprit et reportai mon attention sur Jessica. Ma sœur s'était assise à l'écart, mais elle semblait supporter l'épreuve avec courage. Son amour pour les sports en général avait développé en elle une endurance supérieure à la mienne, mais son jeune âge augmentait le risque qu'elle finisse par craquer. Je posai mon pied blessé sur le sol avec une grimace et avançai lentement vers elle.

— Ça va ? Tu tiens le coup ? m'inquiétai-je en m'approchant.

Elle haussa les épaules et ne répondit rien. Signe que ça n'allait pas du tout. Avec un soupir, je me laissai tomber à ses côtés et l'entourai de mes bras. Je rassemblai mon courage et mis le plus d'assurance possible dans ma voix :

— Je suis sûre qu'il y a déjà quelqu'un à notre recherche, affirmai-je. Les secours ne devraient pas tarder à arriver.

Elle haussa de nouveau les épaules et détourna légèrement son visage du mien. Je l'attirai plus près pour lui transmettre un peu de bravoure et sentis une larme mouiller ma main.

— Jess… ça va aller… je te promets qu'ils vont nous trouver.

— Tout ça est ma faute, laissa-t-elle échapper dans un souffle. Si je n'avais pas insisté pour participer à cette chasse au trésor, tout ça ne serait pas arrivé…

Le chat sortait du sac. Et c'était bien la première fois, à ma connaissance, que ma sœur éprouvait un quelconque sentiment de culpabilité.

— Tu veux rire? répondis-je pour tenter de dédramatiser. Avant que nous rencontrions l'ours, c'était plutôt amusant, non? Et tout ça vient de se transformer en quelque chose d'encore plus excitant!

Elle se tourna brusquement vers moi, le regard noyé d'incrédulité.

— Excitant?

Avisant mon sourire en coin, elle comprit que je plaisantais.

— Allez! Viens! fis-je en me relevant. Si on veut se sortir de ce pétrin, il va falloir bouger un peu.

— D'accord.

Son visage ayant retrouvé son aplomb habituel, elle se mit debout à son tour et nous allâmes rejoindre nos compagnons d'infortune.

Émilie était en piteux état. Jérémy la tenait dans ses bras, où elle sanglotait nerveusement. Il leva les yeux à notre approche et je pus lire son inquiétude et son impuissance. Jessica s'approcha de son amie et commença à lui parler pour l'encourager. Sa volubilité et son insistance finirent par avoir raison des larmes d'Émilie. Après quelques instants, ma sœur l'aida à se relever et nous pûmes enfin poursuivre notre route.

Le chemin s'était élargi un peu, ce qui nourrissait mon espoir qu'il soit assez fréquenté pour qu'il nous conduise à un point d'eau. Jessica avait pris la main d'Émilie et les deux amies cheminaient côte à côte, loin devant Jérémy, qui, les yeux fixés sur l'écran de son cellulaire, s'était peu à peu laissé distancer.

J'étais perdue dans mes pensées depuis plusieurs minutes lorsque quelque chose frôla ma main, provoquant une décharge électrique sur le bout de mes doigts. Le picotement s'insinua dans mes veines, pour remonter sournoisement le long de mon bras. Un frisson délicieux me secoua tout entière au moment où le courant atteignit mon ventre.

— Tu as froid? demanda Jérémy, qui à présent cheminait à mes côtés.

Sa voix grave aux accents de velours déclencha en moi de nouveaux frissons.

— Ça va, répondis-je sans mentir.

Mais il ne me crut pas. Sa main s'empara d'autorité de la mienne et l'emprisonna dans sa chaleur. Sa paume était douce et ferme. Je retins mon souffle, trop troublée pour parler.

— Quel âge as-tu? s'enquit-il après plusieurs minutes de silence.

Ajouter un an ou deux à mon âge était tentant. Plus que tentant même. Mais je résistai et lui avouai piteusement:

— J'ai quinze ans.

La sentence était tombée. Je m'attendais d'un instant à l'autre à ce qu'il retire sa main et prenne de la distance. Il digéra cette information pendant plusieurs secondes avant de faire cesser le suspense :

— Tu parais plus vieille… J'aurais pensé que tu avais au moins seize… affirma-t-il en raffermissant sa prise sur mes doigts.

Mon cœur sauta de joie. J'étais tellement heureuse, que je détournai la tête, de peur qu'il puisse lire le ravissement sur mon visage. C'est à ce moment-là qu'Émilie s'effondra pour la seconde fois.

Jérémy lâcha ma main et courut vers sa sœur. La pauvre semblait complètement épuisée. Jessica tourna vers moi un regard inquiet :

— Qu'est-ce qu'elle a ? demanda-t-elle.

— Elle est trop fatiguée pour marcher, répondit Jérémy. Je vais devoir la porter.

L'intermède amoureux venait de prendre fin. Je laissai échapper un long soupir de dépit. Mais un brusque sentiment de culpabilité m'étreignit le cœur lorsque je posai les yeux sur Émilie. Elle avait l'air en si mauvais état que je fis taire mes regrets pour laisser place à des préoccupations plus urgentes.

— Tu veux bien continuer à essayer ? demanda Jérémy en me tendant son téléphone cellulaire.

— Bien sûr, répondis-je en m'emparant de l'appareil, heureuse de pouvoir m'occuper.

Je jetai un coup d'œil sur l'écran et notai avec déception que les petites lignes marquant le signal étaient toujours barrées d'un « X ». Mais c'est le témoin situé juste à côté qui me donna une crampe à l'estomac. La pile était presque à plat. Je relevai la tête pour en avertir Jérémy, mais décidai de me taire lorsque je le vis prendre sa sœur dans ses bras et se remettre debout péniblement. Je priai pour que nous trouvions très vite un point d'eau, car sa démarche vacillante me disait assez clairement qu'il ne supporterait pas de porter Émilie très longtemps.

Un autre problème se pointait à l'horizon. Le soleil avait amorcé sa descente, faisant chuter la température de plusieurs degrés. Je serrai étroitement les pans de ma veste sur mes épaules et tendis la main vers Jessica. Cette dernière me gratifia d'un sourire reconnaissant et s'empressa de se suspendre à mon bras. Ses yeux, cernés par la fatigue et l'inquiétude, lançaient sans arrêt des regards inquiets autour d'elle.

Le sol, au préalable presque plat, s'était peu à peu incliné vers le haut, parsemant çà et là le sentier de rochers que nous devions contourner. La forêt semblait se réveiller, laissant entendre de temps à autre frôlements et chuchotements. Si nous ne sortions pas bientôt des bois, il faudrait nous résoudre à trouver un abri pour la nuit.

Un grondement soudain me fit sursauter. Jérémy et Jessica l'avaient perçu eux aussi, car ils avaient suspendu tout mouvement afin d'écouter. Mon Dieu ! Qu'est-ce que c'était ? Un loup ? Un frisson de peur hérissa ma peau de chair de poule. Pouvait-il y avoir des loups dans une réserve faunique? Et pourquoi pas? Il y avait bien des ours, non? Le souvenir de notre malheureuse rencontre s'insinua dans mon esprit, augmentant d'un cran ma frayeur. Je passai les bras autour des épaules de Jessica et la serrai contre moi.

Nous attendîmes plusieurs secondes dans le jour déclinant, mais le grondement ne se reproduisit pas. Le silence eut cependant pour effet de mettre au jour un autre son auquel nous n'avions pas fait attention jusque-là. Le bruit d'un murmure continu. Le bruit d'un ruisseau…

Jérémy, Jessica et moi nous regardâmes, incrédules. Puis ma sœur partit en avant avec une ardeur renouvelée. Quelques instants plus tard, ses cris de joie nous sortirent de notre transe et nous courûmes tant bien que mal la rejoindre en nous guidant sur sa voix.

7
Pendant ce temps dans la caverne

Sentant le souffle chaud de l'homme sur son cou, la fillette se mit à trembler comme une feuille.

— Comme ça, tu as une voix, susurra-t-il tout bas. Je ne savais pas qu'il fallait te faire crier pour l'entendre...

Il émit un ricanement tout en caressant doucement le dos de la petite fille. La peau hérissée de dégoût, elle serra ses genoux et poussa sur ses mains ligotées pour s'éloigner le plus possible. Mais l'haleine tiède de l'homme la rattrapa aussitôt.

— Allons, laisse-toi faire, cajola-t-il. Si tu es gentille, je ne te ferai pas mal.

Serrant ses genoux encore plus fort, la fillette bloqua son esprit et reprit sa fuite vagabonde dans le monde qu'elle s'était créé, où il y avait Gretel et son petit frère.

Mais elle revint vite à la réalité en percevant des voix. Croyant rêver, elle tendit l'oreille en direction de l'ouverture à travers la roche. On aurait dit des cris d'enfant. L'homme aussi les avait entendus. D'ailleurs, il avait suspendu tout geste pour mieux écouter.

— Merde ! jura-t-il tout bas.

Sa main muselant la bouche de la fillette, il murmura :

— Tu fais un son et je te tue. Tu as compris ?

Elle hocha la tête en signe d'assentiment, deux grosses larmes roulant sur ses joues. L'homme retira alors sa paume précautionneusement pour la remplacer par un morceau d'étoffe qu'il enfonça entre les lèvres de la petite fille. Puis, il noua le bâillon et sortit de la caverne.

* * *

Jessica était déjà penchée sur le petit ruisseau lorsque nous la rejoignîmes. Ses cheveux traînaient à moitié dans l'onde et elle avalait à gros bouillons en toussant de temps en temps.

— Arrête Jess ! Tu vas te rendre malade ! lui criai-je en accourant auprès d'elle.

— Elle a raison Jessica ! L'eau n'est peut-être pas bonne à boire ! renchérit Jérémy en déposant Émilie.

Les joues rosies comme si elle venait de se faire prendre en flagrant délit de gourmandise, Jessica recula en essuyant sa bouche avec la manche de son chandail. Le ruisseau n'était pas très large, mais je dus admettre que l'eau y était d'une irrésistible cristallinité. Je me laissai tomber près de ma sœur et puisai un peu de liquide dans le creux de ma main. Cette eau claire n'avait pas d'odeur. J'y trempai le bout de la langue et constatai qu'elle était également dépourvue de goût.

— Elle a l'air bonne, annonçai-je en levant les yeux vers Jérémy.

— C'est difficile de vraiment savoir, répondit-il. Mais une chose est sûre, c'est que si nous ne buvons pas bientôt, nous risquons d'être encore plus malades…

— Tu as raison, dis-je en m'inclinant vers le ruisseau.

Je pris un peu d'eau dans ma paume et en avalai quelques gorgées. Le breuvage froid coulant dans ma gorge me donna l'impression de renaître et je soupirai d'aise. Incapable de m'arrêter, je puisai à nouveau dans l'onde et entrepris d'étancher ma soif.

Émilie s'était penchée pour s'abreuver à son tour. Une main sur l'épaule de sa sœur, Jérémy retenait ses cheveux de l'autre pour lui permettre de boire plus facilement. Après quelques minutes, il me sembla voir apparaître un peu de couleur sur les joues de la petite fille. Jérémy plongea alors la tête entière dans le liquide froid pour en ressortir aussitôt en s'ébrouant, aspergeant au passage Émilie, qui éclata de rire. Attirée par les cris de son amie, Jessica se releva d'un bond pour courir partager le jeu de ses compagnons.

Un sourire étirant le coin de mes lèvres, je m'éloignai un peu pour éviter de me faire éclabousser et me laissai tomber à nouveau sur le bord du ruisseau. Je retirai mon espadrille, la déposai tout près de moi et enlevai ma chaussette pour exposer ma cheville. L'enflure était moins importante que je ne l'aurais cru. Le soin que j'avais pris à effectuer chaque pas en posant mon pied bien droit, avait contribué à ne pas trop aggraver ma blessure.

Avec un soupir, je m'avançai un peu plus près du ruisseau et plongeai le bas de ma jambe dans l'eau. Le froid me fit le plus grand bien et la douleur reflua.

— Comment va ta cheville? demanda soudain Jérémy, qui s'était approché.

— Très bien, mentis-je pour éviter de repartir sur le sujet.

Se laissant tomber à mes côtés, il insista :

— S'il te plaît, fais-moi voir.

Je rivai mon regard au sien, guettant le moindre signe d'ironie, mais n'y décelai rien d'autre qu'une légère inquiétude et un sincère intérêt. J'abdiquai et sortis mon pied de l'eau pour lui permettre de regarder. Jérémy posa doucement la main sur le bas de ma jambe et effleura ma cheville. Le contact de sa paume sur ma peau nue fit courir des frissons incontrôlables qui s'insinuèrent jusqu'à mon ventre et je résistai à l'envie soudaine de fermer les yeux pour savourer cette caresse. Mon corps réclamait davantage et j'eus peur, pendant une seconde, que Jérémy puisse entendre les battements désordonnés qui martelaient ma poitrine. Mais son attention semblait tout entière occupée à examiner ma cheville. Du moins, c'est ce que je crus. Jusqu'à ce que sa main remonte lentement jusqu'à ma cuisse…

Son regard croisa le mien. Ses pupilles, légèrement dilatées me firent prisonnière et mon trouble redoubla. Je sentais l'instant fragile comme si le moindre son, le moindre mouvement pouvaient briser cette bulle intemporelle. Je restai totalement immobile en fixant ses yeux qui descendaient jusqu'à ma bouche. Mes lèvres s'entrouvrirent en tremblant tandis qu'il s'approchait, imperceptiblement. Au moment où il penchait enfin la tête vers moi, je fermai les paupières et la bulle éclata.

— Où est Jessica? demanda Émilie en nous regardant d'un air étrange.

Pendant une seconde d'éternité, mon cœur cessa de battre. Jérémy relâcha ma jambe et bondit sur ses pieds comme si sa vie en dépendait.

— Je ne sais pas, dit-il en tentant de reprendre ses esprits. Elle n'est pas avec toi?

— Non. Je ne suis pas sûre, mais je crois qu'elle est partie par là, indiqua-t-elle en montrant le nord du doigt.

Je séchai ma cheville du mieux que je pus en essayant de chasser le feu brûlant qui dévorait mes joues. Puis, j'enfilai mon espadrille par-dessus ma chaussette avant de sentir ma voix assez ferme pour briser le silence qui s'était installé :

— Je vais aller voir, proposai-je en finissant de nouer mes lacets.

— D'accord, approuva Jérémy qui semblait s'être un peu repris. Pendant ce temps, je vais ramasser du petit bois.

J'opinai de la tête en lui tendant son téléphone cellulaire. Ses sourcils s'arquèrent lorsqu'il constata que la pile était à plat, mais il ne fit aucun commentaire et empocha l'appareil avant de diriger ses pas vers un arbre aux branches dénudées.

Je me relevai et partis dans la direction opposée. Jessica était curieuse, mais, vu la situation, elle n'avait pas dû aller bien loin. Je clopinai en remontant le ruisseau. Mes yeux fouillaient les abords du boisé à la recherche de ma sœur pendant que mon esprit tentait de débrouiller mes pensées enchevêtrées. Jérémy avait-il essayé de m'embrasser ? Je sentis à nouveau mes joues brûler. J'avais certainement dû rêver. Jérémy avait simplement voulu s'approcher pour mieux m'expliquer quelque chose.

J'effectuai quelques pas de plus en méditant cette idée. En étais-je bien sûre ? Sa main m'avait caressée… Non ?

L'appel de mon prénom me fit sursauter, interrompant brusquement le fil de ma réflexion :

— Alex ! Alex !

— Ici !

Jessica déboucha d'à travers les arbres, toute rouge d'avoir couru. Son visage barbouillé et ses cheveux défaits firent naître en moi un élan de tendresse qui orienta aussitôt mes pensées dans la bonne direction.

— Regarde ce que j'ai trouvé !

Je m'approchai de Jessica et lui replaçai une mèche derrière l'oreille.

— Fais voir, offris-je d'une voix rendue douce par l'instinct de protection propre aux grandes sœurs.

Elle déplia les doigts pour découvrir son trésor. Au creux de sa paume, quelques appétissantes framboises attendaient sagement d'être mangées. À leur vue, mon cœur bondit de joie et mon estomac gargouilla.

— Où as-tu trouvé tout ça ? demandai-je, fébrile tout à coup.

— Juste là, derrière les rochers, répondit-elle en montrant la direction avec son autre main. Il y en a encore plein ! Dis, tu veux bien les porter à Émilie ? Je vais aller en cueillir d'autres.

— D'accord. Mais fais attention, ne t'éloigne pas trop.

— Promis !

En un clin d'œil, elle avait déposé son trésor et était repartie.

8
De retour dans la caverne

La fillette se figea, tous les sens en alerte. Les cris à l'extérieur de la caverne avaient cessé. Elle reporta son attention à l'intérieur, mais là aussi, elle n'entendit que le silence. L'homme qui la tenait prisonnière était parti depuis un bon moment déjà et ne semblait pas pressé de revenir. Elle baissa les yeux vers le sol et reprit patiemment la tâche qu'elle s'était assignée. Chaque fois que le prédateur l'avait laissée seule, elle avait frotté la corde sur la pierre derrière son dos. Elle avait tant et si bien travaillé que les nœuds s'étaient peu à peu relâchés.

Les arêtes de la roche étaient tranchantes et l'avaient entaillée. Son sang se mêlait à présent à sa sueur et brûlait la peau fragile de ses poignets, mais elle n'en avait cure. Cet inconfort n'était rien en comparaison de ce que l'homme lui ferait si elle n'arrivait pas à s'échapper. Elle prit quelques instants pour tordre ses mains dans tous les sens et sentit un nouveau jeu dans les cordes. L'espoir décuplant son ardeur, elle serra les dents et recommença à frotter les nœuds sur la pierre.

Un chuintement perça soudain le silence, la faisant sursauter. Elle se figea et écouta, les muscles contractés par la peur. Le bruit se reproduisant juste au-dessus de sa tête, elle s'écrasa sur elle-même et tendit l'oreille. Après quelques secondes, elle finit par comprendre qu'il s'agissait d'une bête, probablement une chauve-souris, qu'elle avait dérangée dans son sommeil. Ignorant le petit mammifère, elle reprit aussitôt son travail avec acharnement.

Quelques minutes plus tard, ses efforts furent récompensés. Les derniers lambeaux de corde se déchirèrent et ses mains furent enfin libres. Elle les bougea quelques instants pour rétablir la circulation sanguine avant de s'attaquer à son bâillon, qui ne tarda pas à rejoindre le reste de ses liens sur le sol.

Elle se mit debout péniblement et posa sa paume sur la paroi de pierre pour lutter contre un vertige qui menaçait de l'anéantir. Les étourdissements durèrent plusieurs minutes avant de s'estomper, lui faisant réaliser l'état de faiblesse extrême dans lequel elle se trouvait. Elle devait absolument s'échapper avant le retour de l'homme, car elle ne ferait vraisemblablement pas le poids contre sa force physique beaucoup plus grande que la sienne.

Son équilibre à peu près rétabli, elle longea les murs de la caverne en progressant jusqu'à l'ouverture. Elle n'avait aucune idée du chemin à suivre, puisqu'elle était inconsciente lorsque son kidnappeur l'avait amenée. Mais la direction semblait pour le moment évidente, car un seul couloir se profilait devant l'entrée. Sans hésitation, elle l'emprunta et s'engouffra dans l'obscurité.

Elle parcourut quelques mètres dans le noir total avant d'entendre quelqu'un qui marchait. Frissonnant de terreur, elle attendit jusqu'à ce qu'une faible lueur se dessine au loin dans le tunnel, confirmant ce qu'elle redoutait. Les pas se rapprochaient.

Indécise, la fillette se mordilla la lèvre. Devait-elle retourner dans la caverne et faire semblant d'être attachée afin de guetter le bon moment pour s'évader, ou bien serait-il préférable d'avancer en tentant de trouver un endroit pour se dissimuler ?

Se sentant incapable de tolérer la présence de son tourmenteur une minute de plus, elle se lança en avant pour chercher une cachette. Elle fit quelques pas sur la droite et avisa une crevasse dans la paroi de pierre. L'interstice lui parut assez large pour qu'elle puisse s'y glisser. Se tortillant en vitesse, elle parvint à y enfouir la presque totalité de son corps. Il ne restait plus qu'à attendre et à espérer que l'homme ne porte pas les yeux sur sa retraite.

Les bruits de pas se précisèrent et l'obscurité céda peu à peu la place au faisceau d'une lampe de poche. La petite fille se ramassa sur elle-même et cessa complètement de respirer. Cependant, au moment où le prédateur passait près d'elle, elle ne put retenir un minuscule hoquet de frayeur. L'homme stoppa net et tourna les yeux dans sa direction. Leurs regards s'accrochèrent. Un hurlement de détresse éclata dans la tête de la fillette et la peur et l'horreur l'envahirent d'un seul coup. Une puissante dose d'adrénaline accéléra les battements de son cœur et lui amena quelques secondes de grande lucidité. Ses réflexes répondirent et elle jaillit de la saillie, tel un pantin jaillissant d'une boîte à surprise.

Échappant à l'homme de justesse, elle laissa traîner une main derrière elle une demi-seconde de trop. Le prédateur l'agrippa avec un cri de rage et commença à la tirer vers lui. La fillette se débattit avec l'énergie du désespoir. Son bras poisseux de sang n'offrant pas une prise solide, elle parvint à libérer son poignet et à s'enfuir dans la noirceur du tunnel. Talonnée par son agresseur, elle remonta le couloir à toute vitesse et sortit de la montagne en hurlant de terreur. Elle courut quelques minutes encore, puis percuta quelque chose de dur et s'effondra sur le sol.

9
La fillette

Je me relevai péniblement. Un boulet de canon venait de me heurter de plein fouet, m'étalant sur le sol où j'avais laissé échapper le trésor patiemment cueilli par ma sœur. Mon esprit se tourna quelques secondes vers le petit visage fatigué d'Émilie et mon cœur se serra de regret. Je chassai cependant bien vite ce sentiment et reportai mon attention sur la situation présente. Une fillette sanglotait convulsivement à mes pieds.

Je m'accroupis et écartai quelques mèches de ses longs cheveux noirs emmêlés. Elle pleura de plus belle et s'enroula sur elle-même. Je posai doucement ma paume sur son dos pour tenter de la calmer, mais elle hurla de terreur. Je retirai ma main aussitôt et me relevai, impuissante. Un bruit de cavalcade me fit lever les yeux vers Jérémy qui accourait, attiré par les cris.

— Qui c'est? demanda-t-il d'une voix hachée en essayant de reprendre son souffle.

— Je n'en sais rien, elle vient juste d'arriver !

« Arriver était peu dire ! » pensai-je en moi-même, me remémorant la force avec laquelle elle m'avait terrassée.

Émilie semblait se porter mieux. Bien qu'encore pâle, elle avait suivi son frère et s'était penchée sur la fillette pour lui parler. Sa voix douce avait plus d'effet que mon geste, car la petite fille se calma peu à peu. Émilie l'aida à s'asseoir et l'entoura de ses bras, ce qui eut pour résultat d'exacerber les pleurs de la fillette. Mais ses sanglots avaient changé. Comme si elle était passée de la peur au soulagement. Je laissai Émilie consoler la petite fille encore quelques instants avant de m'approcher de nouveau pour dégager son visage. Elle eut un mouvement de recul involontaire, comme un animal pris au piège, mais elle me permit de la toucher. Je me donnai quelques secondes de plus pour mieux l'apprivoiser, puis j'osai une première question :

— Comment t'appelles-tu ? interrogeai-je, son prénom me semblant la meilleure chose à demander.

Elle ne répondit pas, baissa les yeux et se colla un peu plus près d'Émilie. Bon. D'accord. J'abdiquai et me relevai en me disant qu'il serait préférable de lui laisser un peu plus de temps pour reprendre ses esprits. Une fillette au fond des bois était étrange en soi, mais tout cela ne devait rien représenter de bien dangereux.

— Qu'est-ce que tu en penses ? demandai-je en me tournant vers Jérémy.

— Je n'en sais trop rien, répondit-il. C'est un peu bizarre…

Bizarre ? J'éclatai de rire. Y avait-il la moindre chose normale dans cette journée ?

Un cri strident provenant du ruisseau stoppa net mon hilarité. Jessica…

Comme animées par une vie propre, mes jambes partirent en premier, m'entraînant à leur suite jusqu'au petit cours d'eau. Jérémy me colla de près et faillit me renverser lorsque je m'arrêtai subitement, les yeux exorbités. Un homme tenait ma sœur d'un bras et menaçait de lui trancher la gorge avec un couteau.

— N'approchez pas ! hurla-t-il. Ou je la tue !

Pendant une longue seconde, mon cœur cessa de battre complètement. Ce commandement avait enlevé chez moi toute envie de remuer ne serait-ce qu'un seul de mes cheveux. Mes paupières restaient ouvertes sur mes yeux qui fixaient intensément le petit visage de Jessica. Blanche comme un linge, elle donnait l'impression de vouloir s'effondrer à tout moment. Son corps était secoué de tremblements qu'elle n'arrivait visiblement pas à contrôler et des larmes de peur sillonnaient ses joues. Le kidnappeur, quant à lui, semblait au bord de la crise de nerfs. Ses pieds bougeaient sans arrêt, piétinant au passage les framboises que ma sœur avait ramassées. Ce constat acheva de m'arracher le cœur et je laissai couler mes larmes à mon tour.

Jérémy était immobile et pâle comme la mort. Sa bouche s'était ouverte sur un «O» d'ahurissement et ses prunelles fixaient le prédateur avec tellement d'intensité que je me demandai sérieusement s'il n'avait pas été statufié. L'arrivée d'un tel individu au milieu des bois avait quelque chose de dérangeant, mais la réaction de Jérémy était franchement troublante…

Je m'interrogeais sur ce qui le perturbait autant lorsque la voix de l'homme retentit à nouveau :

— Tiens, tiens… Jérémy… fit-il d'un ton traînant.

Ma bouche s'ouvrit d'un «O» à mon tour. Mon regard se promena quelques instants, effectuant des allers-retours entre le kidnappeur de ma sœur et Jérémy. Mes lèvres consentirent à se déceler pour exiger des explications, puis se refermèrent, incapables de prononcer un seul mot.

Un cri étouffé provenant de derrière mon dos me fit me retourner. Les yeux exorbités et le visage blême, Émilie se tenait à genoux, les mains crispées devant sa bouche. Je ne voyais la petite fille qui nous avait rejoints nulle part, mais je me doutais qu'elle n'était pas loin.

La présence d'Émilie sembla sortir Jérémy de sa transe. Avançant d'un pas, il releva le menton pour affronter le prédateur :

— Lâche-la ! hurla-t-il, la voix éclatante de colère.

— Reste où tu es ! Vaurien ! répliqua l'homme en raffermissant sa prise sur ma sœur.

— Lâche-la tout de suite ! Sinon…

— Sinon quoi ? coupa l'individu en souriant d'un air mauvais.

Il commença à reculer lentement, entraînant avec lui Jessica, qui poussait des petits gémissements. Je tournai les yeux vers Jérémy, qui n'osait plus faire un geste. Ses mains s'ouvraient et se refermaient convulsivement, et tout son corps tremblait.

Les secours ne venant pas de ce côté, il me fallait agir par moi-même. Il était hors de question que je laisse partir cet homme avec ma sœur sans rien tenter. Je pris une profonde inspiration pour me donner un peu de courage et m'efforçai de contrôler ma voix.

— Attendez ! criai-je, des trémolos trahissant ma panique.

Le prédateur ralentit, mais ne s'arrêta pas.

— Je vous propose un marché ! offris-je, rassérénée par l'attention qu'il me porta. Vous lui rendez sa liberté et je suis votre prisonnière !

Le kidnappeur eut un ricanement de mépris et reprit sa progression. Son refus augmenta d'un cran ma nervosité. Sans réfléchir, je fis un pas en avant, mon instinct me disant que si je laissais partir Jessica maintenant, j'effritais mes chances de la revoir en vie. Je fis un deuxième pas, déclenchant la fureur de l'homme. Il raffermit sa prise sur ma sœur et hurla :

— Arrête ! Un autre pas et je la tue ! Je suis sérieux ! Je vais l'emmener, que ça te plaise ou non !

Le prédateur était visiblement à cran. Son visage s'était coloré d'une teinte rouge foncé, et, malgré la distance qui nous séparait, je pouvais voir les cernes sombres qui mouillaient sa chemise d'un bleu délavé. Totalement impuissante, je le regardai disparaître peu à peu à travers les arbres.

— Ne me suivez pas ! ajouta-t-il, sa voix assourdie par l'éloignement. Sinon, je vous répète que je la tue !

Je laissai filer plusieurs minutes, partagée entre l'envie de poursuivre l'agresseur afin de lui arracher Jessica et la peur de condamner toutes ses chances de survie. Mon ouïe s'était aiguisée au point de percevoir les bruits provoqués par les efforts de l'homme et les gémissements de ma sœur. Lorsque je n'entendis plus rien, mon angoisse prit le dessus et je m'élançai vers la forêt.

Je cherchai pendant plusieurs minutes, m'arrêtant de temps en temps pour écouter, mais Jessica et son kidnappeur avaient complètement disparu. Je sentais, au fond de moi-même, que plus le temps s'écoulait, plus mes chances de les retrouver s'amenuisaient. Au bout d'une demi-heure, je compris qu'il était trop tard et que Jessica était perdue à jamais. Folle d'angoisse et refusant la réalité, je fouillai les bois encore plusieurs minutes en l'appelant d'une voix désespérée.

La vérité finit par me rattraper et l'horreur de ce qui venait de se produire me tomba dessus d'un seul coup. Toute force quittant mes jambes, je m'écrasai à genoux, le souffle coupé. J'avais promis de veiller sur ma sœur et j'avais gravement manqué à ma promesse. La culpabilité que je ressentais était telle que j'avais peine à respirer. Mais un autre sentiment, encore inconnu jusque-là, tailla peu à peu son chemin à travers les méandres de mon cœur. J'aimais Jessica de toute mon âme. Et je venais de la perdre à jamais. La douleur qui serra alors ma poitrine était si atroce, que je m'étalai sur le sol en larmes et sans force.

10
Un lourd secret

Je restai prostrée un long moment, pleurant toutes les larmes de mon corps. Puis, un souvenir fugace fit son chemin à travers mon esprit. Le kidnappeur de Jessica avait appelé Jérémy par son prénom. Il était donc fort probable que cet homme le connaissait. Et si cet homme le connaissait, il y avait de bonnes chances pour que Jérémy le connaisse lui aussi.

La peine immense qui broyait mon cœur céda peu à peu la place à une colère noire. Jérémy savait l'identité de l'agresseur et il n'avait rien fait pour l'empêcher d'enlever ma sœur. Le sentiment de fureur qui s'empara alors de moi raviva mes forces et me remit debout. Je secouai mes vêtements et essuyai mes larmes avec des gestes rageurs. Le jeune homme avait intérêt à avoir une bonne explication.

Mais avant de penser à lui cracher ma colère, il fallait d'abord que je le retrouve. Je relevai les yeux et examinai les bois alentour pour tenter de m'orienter. Dans mon affolement, j'avais paniqué dans tous les sens et, à présent, j'ignorais totalement où je me trouvais. Je fermai les paupières pour me calmer et restai immobile quelques instants. À ma connaissance, j'avais tourné en rond à peu près dans le même secteur. Je ne devais donc pas être bien loin du ruisseau. Après plusieurs secondes d'écoute, un vague murmure parvint à mes oreilles. J'ouvris les yeux et entrepris de me diriger vers le bruit assourdi.

La nuit était tombée à présent, mais une mince lueur orangée éclairait encore le sous-bois suffisamment pour que je puisse m'orienter. Je ne tardai pas à rejoindre le cours d'eau que je longeai pendant plusieurs minutes. Malgré ma cheville malmenée, la marche forcée atténua un peu ma colère et me fit du bien. J'éprouvais toujours autant de ressentiment pour Jérémy, mais au moins j'acceptais d'entendre ses explications.

Au détour du sentier, une odeur de fumée chatouilla mes narines, m'indiquant que Jérémy avait réussi à allumer un feu. Le soulagement d'avoir retrouvé mes amis et la perspective de pouvoir me réchauffer accéléra soudain mes pas. Après un dernier tournant, j'arrivai enfin en vue des flammes.

Émilie était assise par terre et se pressait contre la petite fille que nous avions découverte. La malheureuse, qui ne portait que ses sous-vêtements, paraissait frigorifiée. Émilie tourna la tête à mon approche, un éclat rassuré illuminant son visage fatigué.

— Alex !

Son cri de joie résonna dans la forêt, semblant déranger un animal qui bougea dans les fourrés. Le souvenir de notre rencontre avec l'ours glaça mon sang dans mes veines.

— Chut ! intimai-je en me plaçant devant les deux fillettes.

Les buissons s'agitèrent de plus belle et la bête sortit des bois, la crinière emmêlée et les bras chargés de branches destinées à alimenter le feu. La vue de Jérémy calma ma peur, mais raviva ma colère, mettant des éclairs de fureur dans mes yeux. Son sourire de soulagement se figea sur ses lèvres. Il s'agenouilla et entreprit de se débarrasser de son encombrant fardeau. Sans plus attendre, j'ouvris la bouche pour lui cracher une première question :

— Qu'est-ce que…

Le regard qu'il me jeta à ce moment-là me fit taire automatiquement. Ses yeux, exprimant le désarroi, se posèrent sur Émilie avant de revenir vers moi, suppliants. Son visage se ferma ensuite avec une telle détermination que je compris qu'il serait totalement inutile d'essayer de lui tirer les vers du nez pour le moment.

Je ravalai temporairement ma colère et m'appropriai un bout du siège occupé par Émilie et sa nouvelle amie. Jérémy ne perdait rien pour attendre. J'allais tout simplement patienter jusqu'à ce que nous soyons loin des oreilles indiscrètes de sa sœur.

Me changeant les idées, je reportai mon attention sur la fillette que nous avions trouvée. Ou plutôt, qui nous avait trouvés… Ses yeux noirs me fixaient à travers l'écran de cheveux qu'elle gardait en permanence devant son visage pour mieux se cacher. Elle était menue et ne devait pas avoir plus de sept ou huit ans. Elle portait une camisole tachée et déchirée par endroits, laissant ses épaules et ses bras dénudés. Sa culotte n'était pas en meilleur état et un seul bas chaussait l'un de ses pieds. Le feu jetait une bonne chaleur, mais n'avait pas complètement arrêté ses tremblements de froid. À moins que ces tremblements ne soient causés par autre chose que le froid…

Je me levai et enlevai ma veste pour lui couvrir les épaules. Je n'étais pas totalement réchauffée, mais je considérai qu'elle en avait bien plus besoin que moi. Ce geste ne semblant pas l'effaroucher, je m'agenouillai près d'elle et avançai doucement la main afin d'écarter les cheveux qui cachaient son visage. Elle se colla un peu plus à Émilie, mais me laissa la toucher. Ses yeux n'exprimaient plus la terreur, comme lorsque j'avais tenté de l'approcher la première fois, mais on sentait que la peur rôdait sous sa peau et reprendrait facilement possession d'elle à la moindre occasion. Voyant qu'elle ne cherchait pas à fuir pour le moment, je me risquai à l'interroger de nouveau :

— Comment t'appelles-tu ?

Elle mit quelques secondes à parler, fouillant sa mémoire en plissant le front, comme si elle se demandait si elle avait un nom. Son silence prolongé et sa peau mordorée me firent craindre qu'elle ne comprenne pas le français. Mais sa voix musicale, teintée d'accent chantant me répondit :

— Raphaëlle, murmura-t-elle dans un souffle.

Cet effort de concentration donna l'impression de l'avoir complètement épuisée. J'ouvris la bouche pour l'interroger de nouveau, mais elle ferma les paupières et se colla encore plus près d'Émilie. Cette dernière me jeta un regard désolé. Elle aussi avait l'air au bout du rouleau. Je soupirai et me relevai, cherchant Jérémy des yeux. Il semblait s'être encore volatilisé.

Un craquement attira mon attention et je laissai mes pas m'amener dans cette direction. Je ne mis pas longtemps à le dénicher. Il était occupé à casser des branches de cèdre. Je me demandais bien à quoi elles pourraient servir, jusqu'à ce qu'une vision de moi et de Jérémy, enlacés et s'embrassant sur un lit de fortune, me fit monter le rouge aux joues. Agacée, je chassai ces images troublantes de mon esprit et tentai, tant bien que mal, d'ignorer le feu qui avait pris naissance au creux de mon ventre.

Afin de reprendre contenance, j'entrepris d'aider Jérémy tout en essayant de ranimer la colère qui m'avait envahie lorsque le prédateur avait emmené ma sœur. Mais le désarroi que je lus dans ses yeux au moment où il releva la tête ramena une bien pâle copie de cette fureur qui m'avait habitée. Mon cœur se serra, et c'est d'une voix beaucoup plus douce que je ne l'aurais voulu que je demandai :

— Qui est cet homme ?

Jérémy continua son travail pendant quelques secondes, semblant peser le pour et le contre. Puis, il soupira et laissa échapper dans un souffle :

— C'est mon père.

Trop abasourdie pour effectuer le moindre geste, je regardai le jeune homme casser une dernière branche et disparaître à travers les arbres. Il était parti depuis un bon moment déjà lorsque je repris contenance. Le père de Jérémy avait enlevé ma sœur. Et le père d'Émilie était le même père que le père de Jérémy. Ce que je venais de penser n'avait aucun sens, mais mon esprit, disséminé aux quatre coins de ma tête par cette atroce journée, avait compris.

Tentant de chasser l'espèce de brouillard qui m'avait envahie, je me secouai pour rassembler mes idées et me penchai pour ramasser les branches que j'avais échappées. Je frissonnai, laissant mes jambes se mettre en marche d'elles-mêmes pour rejoindre mes amis.

Le feu crépitait joyeusement à présent, et le sol au pied du tronc d'arbre servant de siège aux deux fillettes s'était couvert de cèdre. J'avançai et ajoutai ma part de butin aux autres branches qui formaient la couche improvisée. Il fallait admettre que ce lit de fortune était tentant.

Sentant ma fatigue s'abattre d'un seul coup, je m'agenouillai timidement aux côtés d'Émilie. Celle-ci s'approcha aussitôt pour mieux profiter de ma chaleur. Je la pris dans mes bras en glissant un regard sur Raphaëlle qui collait sa nouvelle amie comme du ruban gommé.

Raphaëlle… Que venait-elle faire dans cette histoire ? Avait-elle un rapport avec le kidnappeur de Jessica ? Ou bien, s'était-elle tout simplement perdue, elle aussi ? Je repensai à son corps à demi nu et à la peur qui agrandissait ses prunelles, mais refusai de faire un lien entre elle et le père de Jérémy. Ce serait beaucoup trop horrible…

Je frissonnai et me serrai un peu plus près d'Émilie, incapable de chasser les images de viol qui envahissaient mon esprit. Puis, mes pensées se tournèrent vers Jessica. Mon cœur rata un battement et le sang se retira de mon visage. J'étouffai un cri, soudainement paniquée et levai la tête vers Jérémy.

Nos regards s'accrochèrent, mes yeux pleins d'eau le suppliant d'apaiser mes craintes. Il s'ouvrit quelques instants à moi, me laissant lire au plus profond de son âme, où j'y trouvai toutes les réponses à mes questions. Son visage se referma ensuite et il reprit la tâche qu'il s'était assignée.

11
Un visiteur
dans la nuit

Plusieurs heures passèrent avant que je ne reprenne conscience de l'environnement autour de moi. Ajouté à la peur, la faim et la fatigue, l'enlèvement de ma sœur avait eu raison de la maigre étincelle de lucidité qui animait encore mon esprit. Je m'étais repliée sur moi-même, complètement anesthésiée. Je n'avais pas vraiment dormi, mais simplement flotté quelque part entre deux eaux. Comme si deux mains m'agrippaient et tentaient de me tirer chacune de leur côté. L'une vers la réalité, et l'autre dans le rêve et l'oubli. Le poids d'un corps chaud se serrant contre moi me fit refaire surface.

Je retins mon souffle et sentis Jérémy se figer.

— Je veux juste me réchauffer, murmura-t-il.

— D'accord, répondis-je tout bas.

Le repousser aurait été cruel, car il faisait vraiment froid. Je lui permis donc de venir se coller à mon dos et sentis la chaleur de son soupir de soulagement effleurer mon cou. Peu à peu, j'eus l'impression qu'il se détendait et glissait dans le sommeil. Après plusieurs minutes d'attente, sa respiration régulière me confirma qu'il dormait profondément.

Il était exclu que je puisse m'assoupir à mon tour. La présence de Jérémy me troublait à un point tel qu'elle menaçait de déclencher mes frissons. Lorsque je fus bien sûre que le jeune homme avait sombré dans l'inconscience, je permis à mon corps de s'abandonner à cette étreinte improvisée. La chair de poule m'envahit, et je tremblai d'émotion. C'est à ce moment-là que je réalisai que je m'étais trompée. En fait, Jérémy ne dormait pas… Mes frissons durent lui faire penser à tort que j'avais froid, car il se colla plus étroitement et me serra dans ses bras. À cet instant, je fus certaine de ne pas pouvoir fermer l'œil de la nuit. Mais l'épuisement eut raison de ma résistance, et, à ma grande surprise, je m'endormis.

* * *

Un souffle chaud et fétide me tira du sommeil en m'effleurant le cou et me souleva le cœur. Retenant un cri, je m'assis sur la couche. Émilie et Raphaëlle bougèrent un peu, mais la fatigue les avait complètement assommées. Elles prirent une position plus confortable et retombèrent dans les bras de Morphée. Jérémy, lui, s'était réveillé. Il s'était relevé sur un coude et me fixait de ses yeux verts, le regard interrogateur. J'en étais à essayer de démêler le rêve de la réalité lorsque la puanteur se manifesta de nouveau, accompagné cette fois, d'un grognement quasi inaudible. Mon compagnon plissa le nez et s'assit à son tour, mais beaucoup plus lentement que moi, l'oreille aux aguets.

Le feu s'était presque éteint, plongeant les alentours dans des ténèbres qu'un mince croissant de lune ne parvenait pas à percer. Mon cœur battait la chamade et un frémissement de peur glaçait mon dos. Je cherchai à tâtons la main de Jérémy qui se referma aussitôt sur la mienne. Sa poigne solide et ferme me communiqua un peu de courage et je me rapprochai de lui. J'ouvrais la bouche, une question sur les lèvres, lorsqu'il me fit signe de me taire.

Après plusieurs secondes de silence, un bruissement de feuilles nous fit sursauter. Quoique ce fût, la bête ou la chose avait décidé de s'éloigner. Jérémy lâcha ma main lentement, comme à regret, et se leva pour ranimer le feu. Des flammes hautes et chaudes jaillirent bientôt, achevant de me rassurer.

— Qu'est-ce que c'était? demandai-je en fixant le jeune homme qui venait de se rasseoir.

— Je n'en sais rien. Un loup peut-être?

— En tout cas, pour un loup, il avait mauvaise haleine…

— Ouais. Je vais essayer de ne pas penser à ce qu'il a mangé…

Sa dernière réplique provoqua en moi un frisson de dégoût.

— Tu as froid ? interrogea-t-il aussitôt.

— Ça va. C'est juste l'idée du loup qui…

— Je vois…

Il s'approcha et me serra de près, son bras entourant étroitement mes épaules. La chaleur irradiant de son corps calma peu à peu mes tremblements. Je m'appuyai contre lui et me détendis, à l'écoute des émotions que sa proximité faisait naître en moi. C'était la première fois qu'un garçon produisait sur moi un tel effet. En plus de me rendre maladroite, sa présence avait pour résultat de m'empêcher de réfléchir rationnellement. Ce qui ouvrait toute grande la porte à mon imagination pour qu'elle puisse prendre la tangente, projetant dans ma tête des images incontrôlables de baisers et d'étreintes à saveur inavouable. Mais le souvenir du petit visage terrorisé de Jessica était encore trop vivace à mon esprit pour que je puisse me laisser aller. Je décidai donc que l'heure des questions avait sonné.

— Qu'est-ce qui se passe avec ton père ? demandai-je en me reculant légèrement.

Jérémy me regarda quelques instants avec surprise, puis son expression se ferma de nouveau. Il se décolla un peu en s'appuyant au tronc de l'arbre et contempla le feu en pliant et dépliant machinalement un bout de branche. Le reflet des flammes jouait sur son profil, dessinant sur sa peau des motifs orangés. Après plusieurs minutes de silence, je compris qu'il ne répondrait pas à mes questions. J'ouvrais la bouche dans le but d'insister, mais Jérémy me devança, me faisant sursauter.

— Je ne l'avais pas vu depuis presque deux ans… commença-t-il.

Sa voix s'était cassée. J'évitai de revenir à la charge pour ne pas interrompre ce début difficile. Je pouvais voir les émotions animer son visage. Il serrait les mâchoires pour tenter de dompter cette espèce de rage qu'il n'arrivait visiblement pas à contenir. Après plusieurs minutes de lutte contre lui-même, il se maîtrisa et reprit son récit.

— Le soir où il est parti, je me suis réveillé parce que j'entendais Émilie pleurer. Je me suis dit qu'elle devait avoir fait un cauchemar ou quelque chose du genre. Ma mère travaillait ce soir-là. Je me suis donc levé pour aller réconforter ma sœur. Mais quand je suis arrivé dans sa chambre, mon père était déjà là… Il était avec elle, dans son lit…

Jérémy s'arrêta, incapable de continuer. Je sentais son corps trembler de colère et d'impuissance. Alors, il se tourna vers moi.

— Il était en train de l'agresser ! Tu comprends ? cracha-t-il en élevant un peu la voix.

L'horreur de ce qu'il venait de dire ne parvint pas à étouffer l'élan de tendresse que la douleur que je lus dans ses yeux fit naître en moi. Je tendis la main pour saisir la sienne, mais il la repoussa et reprit sa position, le dos appuyé contre le tronc. Après plusieurs minutes, s'étant calmé, il continua, un ton plus bas :

— J'ai crié après lui et je l'ai frappé. Alors, il a fait ses bagages et il est parti.

Sa voix se brisa de nouveau. Il crispait les poings, faisant des efforts désespérés pour se contenir. Je tendis les doigts pour effacer l'unique larme qui roula sur sa joue. Il tourna la tête vers moi, appuyant sa pommette contre ma paume. Sa réaction me prit totalement au dépourvu et mes yeux se noyèrent dans les siens. Je sentis à ce moment que j'étais complètement perdue.

Je m'emparai de son visage et posai mes lèvres sur les siennes. Sa bouche, douce et chaude, se fit d'abord hésitante. Puis, l'émotion qu'il contenait depuis trop longtemps se déversa dans son baiser. Ses lèvres se firent dures, exprimant sa rage et sa colère. Puis, elles devinrent pressantes et exigeantes, cherchant à combler l'urgent besoin de tendresse que je devinais en lui. Son corps se colla étroitement au mien, essayant d'épouser chacune de mes formes.

Ce simple baiser fit monter en moi un désir jusque-là inconnu. Mes mains se promenèrent sur lui, répondant à ses caresses. Comme si mon corps, animé d'une vie propre, agissait indépendamment de mon esprit qui, lui, me criait d'arrêter. Une bosse révélatrice sur le devant du pantalon de Jérémy acheva de me perdre. Je me collai à lui et commençai à onduler en gémissant.

Puis, Émilie hurla.

12
La caverne

Les cris d'Émilie agirent sur moi comme une douche froide. Je repris mes esprits en une fraction de seconde et repoussai durement Jérémy. Un battement de cil plus tard, il était auprès d'Émilie pour la prendre dans ses bras. La vue du jeune homme consolant sa sœur raviva en moi mon sentiment profond de culpabilité qui avait brisé mon cœur à l'idée de n'avoir pas su protéger la mienne. J'étais tellement obnubilée par la présence de Jérémy que j'en avais presque oublié l'épisode de l'enlèvement. Un puissant remords m'envahit, me faisant ronger un ongle.

Cherchant à chasser la confusion qui avait pris possession de mon esprit, je levai les yeux sur le feu. Raphaëlle s'était recroquevillée de l'autre côté des flammes et serrait les pans de ma veste autour d'elle en tremblant. Ses prunelles noires agrandies par la frayeur mangeaient son petit visage cerné par la fatigue. Mon cœur éclata de compassion à sa vue, et mon instinct de grande sœur, meurtri de n'avoir pas su veiller sur Jessica, me cria de me racheter en prenant soin de cette petite fille égarée. Je m'approchai lentement en mettant le plus de douceur possible dans mon regard. Les yeux apeurés de la fillette se rivèrent aux miens, et j'y lus un tel désarroi que je chassai d'un geste un dernier lambeau d'hésitation. Je me penchai sur elle et la pris dans mes bras.

Son petit corps glacé se figea d'abord tout contre moi. Puis, je sentis qu'elle s'abandonnait dans la chaleur de mon étreinte. Sa confiance subite fit naître un élan de tendresse qui soulagea un peu mon sentiment d'impuissance. Je la serrai un peu plus fort, cherchant à puiser le courage nécessaire pour affronter la faim, le froid, mes émotions contradictoires et ce qui restait des ombres de la nuit. Un grand calme m'envahit. Mon esprit mit quelques instants à déterminer ce qui avait provoqué cette soudaine sérénité, mais mon corps, lui, avait compris. Sans vraiment le vouloir, je venais de trouver un rempart efficace contre la dangereuse attirance qu'exerçait sur moi Jérémy.

Comme doté d'un sixième sens, Jérémy leva la tête au même moment. Son regard vert pailleté d'or s'accrocha au mien et me scruta, cherchant à comprendre la nouvelle assurance qu'il lisait au fond de mes prunelles. Ma froideur soudaine était en total désaccord avec la fièvre avec laquelle j'avais répondu à ses baisers quelques instants plus tôt. Je brisai le contact visuel et levai les yeux vers le ciel.

Une clarté diffuse commençait à blanchir l'horizon. Nous étendre pour tenter de dormir étant totalement inutile, c'est d'un commun accord que nous décidâmes de reprendre la route. Nous éteignîmes le feu et entreprîmes de remonter le ruisseau. C'était dans cette direction que le père de Jérémy avait disparu avec Jessica, et il était hors de question de chercher à quitter ces bois sans avoir d'abord retrouvé ma sœur. Nous longeâmes le cours d'eau pendant un bon vingt minutes avant que Raphaëlle commence à gémir à mes côtés. Me souvenant que la petite fille ne possédait pas de chaussures, je pensai que les aspérités du sentier lui écorchaient les pieds et je me penchai pour la prendre dans mes bras. Une douleur diffuse traversa ma cheville, me faisant redéposer la fillette qui se recroquevilla sur le sol.

— Je ne crois pas qu'elle puisse se rendre plus loin, annonçai-je en me tournant vers Jérémy, qui s'était approché. Et je n'arriverai jamais à la porter.

— D'accord, répondit-il en s'inclinant vers Raphaëlle.

La petite fille poussa un cri et se détourna de Jérémy avant de s'accrocher à mes jambes en pleurant. Émilie s'empressa de la rejoindre pour la rassurer. Elle commença à lui murmurer des paroles apaisantes à l'oreille, mais Raphaëlle refusait de lâcher prise. Après plusieurs minutes de tergiversations, elle consentit enfin à ce que Jérémy la porte et nous pûmes nous remettre en route.

Après seulement une dizaine de pas, Raphaëlle se cacha le visage dans l'épaule de Jérémy en gémissant. Deux ou trois enjambées de plus la firent se débattre carrément en hurlant. Jérémy me jeta un regard désolé avant de reposer la petite fille sur le sol.

— Qu'est-ce qu'il y a ? lui demandai-je en m'accroupissant près d'elle. Où est-ce que tu as mal ?

Elle ne répondit pas, mais gémit de plus belle en fixant des yeux l'autre côté du ruisseau. C'est à ce moment-là que j'avisai l'entrée d'un tunnel. L'anfractuosité rocheuse était grande et profonde et elle se trouvait relativement proche de l'endroit où nous nous trouvions lorsque Jessica avait été enlevée. Ce pourrait-il que cette caverne ait un lien avec le prédateur ? De l'espoir plein les yeux, je pivotai vers Jérémy.

— Ça vaut la peine de vérifier, acquiesça-t-il en devinant mes pensées. Reste ici avec les filles, je vais aller m'en assurer.

La perspective de me séparer de lui déclencha en moi un frisson d'angoisse. Je ne doutais pas d'avoir la rage nécessaire pour me défendre contre le kidnappeur de Jessica, mais Dieu seul savait ce qui attendait Jérémy dans ce tunnel. Rien que d'y penser, mon cœur faisait des sauts périlleux dans ma poitrine. De toute façon, il était hors de question que je reste sans lui avec les deux fillettes.

— Je ne suis pas d'accord, répondis-je, la voix chevrotante. On ne doit pas se séparer.

— Il vaut mieux que j'y aille seul, insista-t-il, se méprenant sur l'objet de mon angoisse. Si jamais il faut s'enfuir…

Jérémy n'eut pas besoin de compléter sa phrase. Je devinai aisément ce qu'il avait en tête. S'il nous fallait fuir, Émilie et Raphaëlle risquaient de nous mettre en danger. Admettant l'évidence, j'abdiquai.

— Bon. D'accord. Mais sois prudent.

Ma recommandation alluma une étincelle de surprise dans ses yeux, comme s'il était inconcevable que je puisse me faire du mauvais sang pour lui. Le sourire narquois que je détestais tant étira ses lèvres et le rouge me monta aux joues.

— Toi aussi, lança-t-il avant de détourner le regard et de traverser le ruisseau.

Il parcourut la distance qui le séparait de la caverne en quelques secondes, puis disparut dans la noirceur du tunnel. La longue attente venait de commencer…

Le bord du cours d'eau était tapissé de galets. Raphaëlle et Émilie s'y étaient assises pour tromper l'ennui et se reposer. Je me laissai tomber à leurs côtés et entrepris de construire un petit monticule avec les roches à la rondeur presque parfaite. Cette activité inutile me lassa au bout de quelques minutes seulement, et je cherchai autre chose pour m'occuper.

Mon estomac émettait des plaintes, me rappelant la faim qui m'étourdissait depuis un bon moment. Le souvenir de Jessica me présentant sa main remplie de framboises s'imposa à mon esprit, mais cette vision me fit tellement souffrir que je tentai de la repousser aussitôt. Des scènes de viol passaient devant mes yeux et s'ajoutaient à mon tourment, hérissant ma peau de frissons d'horreur. Je me secouai tout entière pour chasser ces images troublantes en priant très fort pour que monsieur Morin, le père de Jérémy, ne fasse aucun mal à ma sœur.

Incapable de rester inactive plus longtemps, j'envisageai d'explorer les environs. Je mis la main au sol pour me relever, mais l'idée de laisser les fillettes toutes seules m'arrêta dans mon geste. Je doutais fort que monsieur Morin prenne le risque de nous approcher, mais l'odeur de l'animal qui nous avait rendu visite la nuit d'avant était encore beaucoup trop vive à ma mémoire. La possibilité que la bête rôde encore dans les parages n'était pas exclue, et je commençai à jeter des regards anxieux autour de moi. Mes yeux patrouillaient à la lisière des bois lorsque je crus voir bouger quelque chose. Je fixai le point quelques instants, mais les fourrés restèrent sagement immobiles. Peut-être n'était-ce que l'effet du vent dans les feuilles…

Je me levai et entreprit d'arpenter le bord du cours d'eau. J'avais la nette impression d'être observée à présent, et il me semblait même sentir l'odeur infecte de la bête. De plus en plus nerveuse, je me rongeai un deuxième ongle en accélérant l'allure. Un mouvement que je crus percevoir derrière un buisson me fit m'arrêter de nouveau. Je scrutais les fourrés religieusement lorsque quelque chose frôla mon épaule provoquant mes hurlements de terreur. Me retournant d'un coup, toutes griffes dehors, je plongeai mes yeux noyés par des larmes d'angoisse dans le regard étonné de Jérémy. Il ouvrit les bras et je m'y précipitai sans autre sommation.

13
Un rayon d'espoir

Jérémy ne me repoussa pas, et je ne cherchai pas non plus à fuir. Le nez collé à son chandail, je pleurai mon trop-plein de peur et de soulagement. Après plusieurs minutes à sangloter et à hoqueter, je quittai à regret la chaleur de ses bras. Trop gênée pour oser rencontrer son regard chargé d'ironie, je gardai les yeux baissés et me détournai légèrement. Sa main s'empara de mon menton et fit pivoter mon visage vers le sien. La vue de ses prunelles remplies d'inquiétude et de tendresse accéléra les battements de mon cœur.

— Qu'est-ce qu'il y a ? demanda-t-il doucement.

Je me dégageai et tentai de remettre de l'ordre dans mon esprit afin de comprendre ce qui m'avait autant perturbée. Mais mes sens ne me renvoyaient rien de plus que le reflet d'un calme matin d'été. Le chant des oiseaux faisait écho au murmure du ruisseau et un vent doux et léger hérissait ma peau de frissons que le soleil s'empressait de réchauffer. Partout où je posais les yeux, la nature resplendissait dans toute sa beauté.

— Rien, répondis-je après un moment. J'ai un peu trop d'imagination… je crois…

Les lèvres de Jérémy s'incurvèrent sur le sourire narquois que j'avais appris à détester. Mes joues virèrent au cramoisi et je lui jetai un regard mauvais avant de pivoter pour couvrir d'un pas vif la distance trop courte qui me séparait de Raphaëlle et Émilie. Les deux fillettes étaient tellement silencieuses, que j'en avais presque oublié leur présence. Occupées à fouiller dans un grand sac de toile brun posé sur le sol, elles ne semblaient pas avoir remarqué mon instant d'égarement.

Jérémy nous rejoignit plus lentement. Son ironie avait fait place à une expression où se lisait tout le sérieux de la situation.

— J'ai trouvé une caverne, laissa-t-il tomber. Il n'y a personne pour le moment, mais c'est évident qu'elle est habitée, et j'ai une idée de qui ça peut être…

Il poussa le sac de toile du bout du pied, comme s'il répugnait à y toucher.

— J'ai ramené quelques affaires, reprit-il, le regard perdu de l'autre côté du ruisseau.

Émilie émit un petit cri. Elle venait de découvrir une barre de céréales qu'elle se hâta de déballer. En fermant les yeux, elle mordilla un coin avec un soupir de béatitude. Raphaëlle, comme si le tissu brun l'avait soudain brûlée, s'était rétractée un peu plus loin. Son attitude confirma mes soupçons quant à l'identité du propriétaire du sac en question.

Je m'agenouillai à mon tour pour en faire l'inventaire. Après quelques secondes de tâtonnement, je sortis trois canettes de boissons gazeuses qui me firent littéralement saliver. Deux sandwiches au jambon qui avaient l'air encore assez frais vinrent rejoindre les breuvages et quelques barres tendres, semblables à celle que grignotait Émilie, achevèrent de me rassurer sur un point : peu importe ce que nous réserverait la suite, le problème de la nourriture semblait temporairement écarté.

Continuant leur exploration, mes doigts rencontrèrent un morceau de tissu que je m'empressai d'extirper du sac. C'était un jeans. Un jeans beaucoup trop petit pour moi. Je dépliai le carré de denim bleu et réalisai que la taille conviendrait mieux à une fillette. Une fillette de la grandeur de Raphaëlle. Ce pantalon devait très certainement lui appartenir…

Chassant les images d'horreur qui tentaient de se frayer un chemin à travers mon esprit, je replongeai les mains dans le sac de toile et en sortit tour à tour un t-shirt, un coton ouaté et une paire d'espadrilles. Jérémy devait avoir eu les mêmes pensées que moi, car il me jeta un regard écœuré et s'éloigna de quelques pas.

Je n'avais aucune idée de la façon dont réagirait la fillette en revoyant ses affaires, mais je me dis que le mieux pour elle serait qu'elle accepte de les enfiler. À mon grand soulagement, elle se laissa faire, les yeux fixés dans le lointain. Arrivée à l'étape des chaussures, je me souvins qu'elle ne portait qu'un seul bas. Je replongeai dans le sac jusqu'à le retourner, mais en vain. Le morceau de tissu manquant ne s'y trouvait pas. Elle avait dû le perdre lors de sa course pour échapper à son agresseur…

Espérant que le contact de l'espadrille sur son pied nu ne la blesserait pas, je finis de l'habiller et lui présentai une part d'un des précieux sandwiches ramenés par Jérémy.

— Tiens, me dit celui-ci au moment où je me relevais. C'est pour ta cheville.

Sa main tendue serrait un bandage extensible.

— Merci, répondis-je avec reconnaissance en prenant le rouleau de tissu beige.

Je me laissai tomber de nouveau sur le sol pour enlever ma chaussure et ajuster la bande élastique. Ma cheville à présent bien supportée, je remis ma chaussette et me rechaussai pendant que Jérémy partageait le reste des sandwiches en trois parts égales.

Nous mangeâmes quelques minutes en écoutant les sons provenant de la forêt. Le murmure du vent agitant les feuilles au sommet des arbres avait quelque chose d'apaisant. Malgré la situation difficile dans laquelle nous nous trouvions, je me surpris à me détendre complètement. Jérémy ouvrit une canette de soda à l'orange, qu'il me tendit avant de briser le silence :

— Qu'est-ce qu'on fait ? demanda-t-il, ses prunelles pailletées d'or posées sur moi.

— Je ne sais pas. On pourrait attendre ici, suggérai-je en rosissant. Tu crois qu'il va revenir ?

Jérémy détourna la tête et réfléchit un peu avant de répondre :

— Honnêtement, ça me surprendrait beaucoup.

Son regard vert se perdit à travers les épinettes qui marquaient le début de la forêt avant qu'il poursuive :

— Maintenant qu'on connaît son identité, estima-t-il, il ne prendra pas le risque de réapparaître. Je pense plutôt qu'il faut essayer de le retrouver. Avec un peu de chance, on pourrait même tomber sur du secours. J'imagine qu'il y a des gens qui nous cherchent à présent.

J'étais assez d'accord avec lui. Après que nous eûmes passé une nuit seuls dans les bois, il était sûr et certain qu'une équipe de sauvetage s'était mise en route. Mon esprit vola quelques instants jusqu'au chalet et mon cœur se serra en pensant à mes parents. Je voyais mentalement ma mère en larmes et mon père marchant de long en large dans l'obscurité. Je n'osai pas imaginer ce qui m'arriverait si je revenais sans Jessica. Je fis une énième prière pour que le kidnappeur ait laissé partir ma sœur et qu'elle se trouve déjà saine et sauve à la maison. J'y mis tellement de ferveur que je finis par me convaincre que la chose était possible. Cette hypothèse me donna du courage et c'est avec une nouvelle détermination que j'enfournai ma dernière bouchée. De toute façon, il était hors de question que nous passions une autre nuit dans les bois, car en ce qui me concernait, la bête qui rôdait aux alentours n'était pas le seul danger qui me guettait.

Je me mis debout, allumant une lueur de surprise dans les yeux de Jérémy. Il m'observa pendant quelques secondes avant de demander de nouveau :

— Alors ! Qu'est-ce qu'on fait ?

— On se sort d'ici ! répondis-je d'une voix ferme.

Ébahi, il me regarda rapatrier nos affaires et relever Raphaëlle et Émilie.

— Y a-t-il autre chose dans la caverne qui pourrait nous être utile ? poursuivis-je en le sortant de sa torpeur.

Il fit non de la tête et se leva à son tour. Il m'aida à ramasser les papiers d'emballage et les canettes vides que nous glissâmes dans le sac de toile et abandonnâmes sur place. Une pensée pour l'environnement que nous étions en train de souiller m'amena un pincement de culpabilité, mais le poids des fillettes qu'il nous faudrait peut-être porter était suffisamment contraignant pour que nous envisagions de nous encombrer de déchets inutiles.

Jérémy ouvrit la marche, suivi de près par Émilie et Raphaëlle, qui décidèrent de se tenir par la main. Je fermai la procession en scrutant les bois alentour. Le fond de l'air s'était encore rafraîchi, mais un soleil radieux projetait sur nous ses rayons bienfaisants. Le chant des oiseaux et le murmure du ruisseau nous accompagnaient, nous faisant oublier pour quelques instants notre périlleuse situation. Je me surpris à respirer un grand coup et à remercier le ciel d'être en vie. Nous avions passé une nuit terrible, mais j'avais le sentiment que la conclusion de cette journée nous serait favorable. Il ne nous restait plus qu'à sortir des bois. Cette pensée me fit hausser un sourcil, qui retomba aussitôt à sa place lorsque le bourdonnement d'une nuée de mouches bleues parvint à mes oreilles.

Jérémy s'était arrêté à quelques pas devant nous. Il avait levé les mains de chaque côté de son corps afin de stopper la progression des fillettes et fixait un point un peu plus loin sur le sentier. Je m'avançai de quelques mètres et distinguai à mon tour une forme étendue sur le sol.

— Restez ici ! ordonna-t-il.

Je m'accroupis pour entourer les petites filles de mes bras, tentant de soustraire à leur vue ce que je devinais être un cadavre. Un chevreuil peut-être ? Ou bien un ours ?

Du coin de l'œil, j'observai Jérémy qui s'approchait lentement de la dépouille en pinçant le nez. Il s'arrêta près de la chose et la contempla pendant plusieurs minutes. Puis, il tomba à genoux, secoua la tête en signe de dénégation et se mit à sangloter.

Interdite, je pensai tout de suite à Jessica. Un cri immense éclata dans ma tête. NON !

Le cerveau anesthésié par la terreur, j'abandonnai là les deux fillettes. La démarche aussi saccadée qu'un zombie, je couvris la distance qui me séparait de Jérémy. Le cœur bondissant dans ma poitrine et le regard empli d'horreur, je laissai mes prunelles descendre lentement sur la chose. Figés à jamais dans l'éternité, les yeux de ce qui restait du père de Jérémy me fixaient en silence.

14
Le cadavre

L'esprit perdu dans le néant, je me laissai tomber près de Jérémy et le pris dans mes bras. La proximité de la mort me donnait des frissons, mais mes yeux ne pouvaient se détacher du macabre spectacle. Étendu sur le sol, monsieur Morin portait encore ses vêtements, mais une partie de son corps avait été mangé par quelque chose. Et rien qu'à voir la taille des morsures, on devinait que ce quelque chose était gros. Très gros même.

Le visage du cadavre était intact, mais ses paupières étaient ouvertes sur un regard rempli de pure terreur. Comme s'il avait été dévoré vivant. J'avais entendu plusieurs histoires épouvantables au sujet des ours, mais j'avais bien du mal à imaginer qu'un simple animal puisse faire une chose pareille. C'était horrible. Vraiment horrible. Mais ce n'était rien comparé à l'idée qui tentait de se frayer un chemin à travers la barrière que j'avais soigneusement érigée autour de ma conscience. Barrière qui menaçait de céder à tout moment. Une réalité que je ne pouvais envisager. Une réalité qui risquait de m'anéantir à jamais… Qu'était-il arrivé à Jessica ?

Jérémy reprit ses esprits le premier et eut le réflexe de se tourner vers sa sœur. Probablement par instinct de survie, les deux petites filles n'avaient pas bougé. Elles étaient restées tout simplement là où je les avais laissées. Jérémy essaya de détacher mes bras afin de se dégager de mon étreinte, mais en vain. Mes muscles tétanisés étaient aussi durs que du granit. Il tenta quelques secondes de me parler, mais je ne répondais pas à ses appels. Mon cerveau, parti sur une autre planète, s'était déconnecté. Me secouant de plus en plus fort, Jérémy parvint à libérer sa main droite et me gifla.

Je hoquetai de surprise en posant mon regard sur le jeune homme, mes larmes coulant enfin sur mes joues. Je restai là pendant plusieurs secondes, hébétée, puis j'émergeai à mon tour. Nous nous fixâmes quelques instants, les yeux dans les yeux, totalement éperdus, puis nous nous relevâmes lentement pour nous éloigner du cadavre. C'est à ce moment-là que les premières gouttes de pluie s'écrasèrent sur nous avec une grande brutalité. Un éclair, immédiatement suivi par un violent coup de tonnerre, nous fit sursauter. Nous nous ruâmes vers les deux petites filles abandonnées derrière nous.

En parfaite harmonie avec nos émotions, le ciel s'ouvrit pour permettre aux éléments de se déchaîner. L'orage qui s'abattit d'un seul coup ne nous laissa aucune chance. En quelques minutes à peine, nous étions aussi trempés que si nous nous étions affalés dans le ruisseau. Jérémy et moi prîmes chacun une fillette par la main et courûmes à la recherche d'un endroit où nous cacher. Aucune crevasse ou caverne ne s'offrait à la vue. Nous avions beau chercher en remontant le cours d'eau à toute allure, rien ne semblait se présenter. Même pas un arbre assez touffu sous lequel nous protéger. Au bout de quelques minutes, la grêle se mit à tomber. Les petits morceaux de glace nous pinçaient la peau comme des milliers d'aiguilles. Émilie et Raphaëlle criaient, augmentant d'un cran notre affolement.

Paniquant un peu au hasard, nous finîmes par trouver un pin qui étalait ses longues branches presque jusqu'au sol. J'hésitai quelques secondes, car l'espace à peu près sec me sembla minuscule. Une brusque odeur de soufre suivie par un magnifique coup de tonnerre nous fit hurler de nouveau. L'éclair aveuglant était tombé vraiment tout près. Sans faire plus de manières, Jérémy me poussa sous l'arbre. Je tentai tant bien que mal de me glisser avec Raphaëlle sous cet abri de fortune tout en ménageant assez de place pour Émilie et Jérémy. À force de nous tortiller, nous arrivâmes à nous tasser tous les quatre dans le refuge improvisé où nous attendîmes en silence la fin de l'orage.

Après plusieurs minutes, les éléments se calmèrent peu à peu, nous laissant pantelants, mouillés et frigorifiés. La pluie tombait encore et le couvert feuillu de notre gîte n'était pas assez dense pour nous protéger. Jérémy s'extirpa de dessous l'arbre en me tirant avec lui. Faisant fi de la douleur qui palpitait dans ma cheville, je pris Raphaëlle dans mes bras. Avec Émilie la tête bien nichée au creux du cou de son frère, nous nous remîmes en marche en essayant de ne pas penser à ce qui venait de se produire. Je n'avais aucune idée de ce qui nous attendait, car j'ignorais ce que les météorologues annonçaient. Mais une chose était sûre, si le ciel n'arrêtait pas bientôt de déverser son trop-plein d'eau, nous ne survivrions pas à la prochaine nuit. Il nous fallait sortir des bois absolument. Et il nous fallait en sortir vite.

Frissonnant de tous mes membres, je fis de mon mieux pour suivre Jérémy. Le rideau de pluie ne laissait aucun répit, continuant de tomber pour ralentir notre fuite. Nous cheminions aussi rapidement que possible, mais le poids des fillettes minait peu à peu nos forces et notre énergie. L'adrénaline m'avait soutenue pendant un bon moment, mais à présent que ma frayeur était passée, je ne pensais pas pouvoir poursuivre de cette façon bien longtemps.

Après plusieurs minutes encore, les bois semblèrent s'éclaircir. Je tentai du regard de percer le brouillard de pluie, mais le paysage restait flou. Je ralentis pour essayer d'ajuster ma vision, car je distinguais une forme sombre qui se mouvait à travers les arbres. La chose bougea et s'arrêta, comme si elle venait de m'apercevoir. Elle demeura immobile quelques secondes, puis commença à avancer dans ma direction. Mon instinct de survie projeta dans mon cerveau l'image du cadavre de monsieur Morin. Je le vis aussi nettement que si je me trouvais à ses côtés. Les battements de mon cœur affolé s'accélérèrent et une nouvelle dose d'adrénaline envahit mon sang. La panique me submergeant, je pris mes jambes à mon cou de façon soudaine, comme si j'avais le diable à mes trousses. L'épouvante anesthésiant toute autre considération que mon instinct de survie, je laissai tomber Raphaëlle et tentai d'échapper au prédateur en hurlant.

Je courus de toutes mes forces à travers les arbres de plus en plus clairsemés. La pluie obstruait ma vision, mais j'y voyais assez clairement pour éviter de m'écraser contre les troncs. À chaque fois que je regardais derrière moi, j'apercevais l'ombre de la bête qui se rapprochait. Je redoublai d'ardeur, mais mon corps épuisé commençait à donner des signes de faiblesse. Je sentais au plus profond de moi-même que d'un instant à l'autre je flancherais, et que ce serait la fin.

Refusant la défaite, je tentai d'accélérer l'allure en jetant un ultime regard derrière moi. Les yeux agrandis par l'horreur, j'entrevis la bête qui me rattrapait. Je courus encore sur quelques mètres, puis mon pied se prit dans une racine et je m'étalai de tout mon long. N'ayant plus la force de me relever, je fermai les paupières et attendis d'être mangée.

15
La bête

L'empreinte d'une patte sur mon épaule me fit hurler de terreur. La chose me retourna d'un coup sec, mais le cri qui suivit mourut au fond de ma gorge. Penché sur moi, un visage percé de deux yeux bleus me regardait avec inquiétude.

L'homme, visiblement un policier, portait un uniforme protégé de la pluie par un grand imperméable noir.

— Ça va ? demanda-t-il avec sollicitude.

Comme je ne répondais pas, il mit la main à son épaule pour saisir un communicateur dans lequel il annonça :

— C'est OK. Je viens de la trouver. Je répète, je viens de la trouver.

— 10-4.

Il me tendit la main pour m'aider à me remettre debout, mais j'étais tellement ébahie que je fus incapable d'effectuer le moindre geste. Mon cœur, qui battait de façon désordonnée, ne semblait pas avoir encore assimilé le fait que je venais d'être sauvée. Pensant à tort que j'étais mal au point de ne pas pouvoir me relever, le policier se pencha sur moi pour me prendre dans ses bras. Le contact de sa paume ferme sous mes genoux me fit retrouver mes esprits.

— C'est correct ! Je peux marcher ! affirmai-je en tentant vaillamment de me mettre debout.

— Tu es sûre que ça va ? Je suis capable de te porter !

— Oui, oui. Ça va très bien, assurai-je en grelottant de tous mes membres.

Le regard sceptique, le policier me prit par le coude pour m'aider à me hisser sur mes pieds. Puis, il m'entraîna doucement dans la direction que je venais tout juste de fuir. La pluie s'était interrompue, mais mon corps frigorifié tremblait de froid. Mon cerveau ayant à présent acquis la certitude que j'étais hors de danger avait donné l'ordre à mon organisme de cesser de sécréter de l'adrénaline. Privée des derniers vestiges de la précieuse hormone, je ressentais comme une chape de plomb peser sur mes épaules. J'étais tellement fatiguée, en fait, que des étoiles dansaient devant mes yeux.

Des gyrophares projetaient leur lumière bleue et rouge sur les arbres-alentours. J'apercevais au loin un attroupement qui s'était massé tout près d'une auto-patrouille. Ma cheville se rappelant à mon souvenir, j'avançais tant bien que mal en m'appuyant un peu plus fort que je ne l'aurais voulu sur le bras solide du policier. Les derniers mètres me parurent des kilomètres, mais je parvins à les franchir, aussi épuisée qu'un coureur de marathon qui franchit la ligne d'arrivée.

Une âme charitable m'entoura les épaules d'une couverture, me mit une main sur la tête et me fit pencher pour m'installer dans la voiture. Le policier qui m'avait secourue prit place à côté de moi, et le véhicule s'ébranla en direction de l'hôpital. Mes tremblements se calmèrent peu à peu, et mon cerveau recommença à fonctionner normalement. Je n'arrivais pas à croire que nous étions sauvés. Enfin, presque tous…

C'est d'une voix chevrotante qu'après quelques minutes de silence, je me décidai à demander :

— Avez-vous retrouvé ma sœur ?

Ma question sonna à mes oreilles comme un murmure. Mais le sourire de l'agent et son regard chaleureux achevèrent de me rassurer.

— Oui, dit-il. Vous êtes tous sains et saufs. Mais vous avez vraiment besoin de voir un médecin.

Il me tapota l'épaule de la main et reporta son attention vers l'avant du véhicule. Mes dernières craintes à présent dissipées, je m'installai plus confortablement au creux de ma couverture et sombrai dans un sommeil agité.

✳ ✳ ✳

Une secousse soudaine me sortit d'un affreux cauchemar. Le trajet entre Notre-Dame-de-la-Salette et Buckingham ne m'avait jamais paru aussi court. La voiture venait tout juste de s'arrêter devant l'entrée principale de l'hôpital lorsque ma portière s'ouvrit d'un coup. Une main secourable se tendit pour m'aider à m'extirper de l'habitacle et on m'escorta jusqu'à une civière pour que je puisse m'y allonger. Je fus roulée dans le département de l'urgence, où une infirmière ne tarda pas à insérer un thermomètre entre mes lèvres. Un tensiomètre suivit, enserrant mon bras, et des doigts papillotèrent sur mon corps à la recherche de fractures ou de blessures.

À travers l'espèce de brouillard qui avait envahi mon cerveau, je sentis qu'on me retirait mes vêtements humides pour m'enfiler une jaquette d'hôpital. Quelqu'un me recoucha sur la civière en me promettant la venue prochaine du médecin, et la longue attente commença. Mon esprit abruti voulait dormir, mais je luttais contre l'engourdissement. La seule chose dont j'avais envie pour le moment était de me rassurer sur le sort de Jessica. Je savais qu'elle était quelque part dans ces lieux, saine et sauve, mais une partie au fond de moi avait besoin de la contempler de mes propres yeux.

J'interceptai la première infirmière qui passa près de moi.

— Excusez-moi ! Est-ce que je pourrais voir ma sœur ?

— Non. Le médecin doit d'abord t'examiner, répondit-elle.

— S'il vous plaît ? Il faut absolument que je lui parle ! insistai-je.

— Patiente un peu ! Ce ne sera pas bien long !

— Pouvez-vous au moins me dire où elle est ?

L'infirmière poussa un gros soupir avant de se résoudre à accéder à ma demande en me montrant une porte close.

— Elle est dans cette pièce, juste là.

Elle repartit d'un pas pressé, tourna au coin d'un mur et disparut. Aussitôt qu'elle fut hors de ma vue, je rabattis les couvertures et posai mes pieds nus sur le sol. La porte en question n'était pas très loin de ma civière. J'attendis quelques instants en chancelant pour m'assurer que le couloir restait vide et je franchis en tremblant les quelques mètres qui me séparaient de la petite salle. Je poussai doucement le battant, entrai dans la pièce et refermai soigneusement derrière moi.

Je me trouvais au pied d'un lit sur lequel reposait une forme abritée par une couverture que la lumière tamisée éclairait faiblement. La fatigue avait sans doute eu raison de ma sœur, car elle semblait s'être endormie. Je fis quelques pas sans faire de bruit et m'avançai afin de contempler son visage. Ses boucles noires, éparpillées sur l'oreiller, faisaient comme une tache sombre autour de sa tête. Sauf qu'il y avait quelque chose qui clochait. Les cheveux de Jessica étaient blonds. Pas noirs. Je m'approchai un peu plus près et constatai que l'infirmière s'était trompée. La fillette qui dormait devant moi n'était pas ma sœur. En fait, il s'agissait de Raphaëlle.

Je rebroussai chemin et sortis de la pièce en évitant de faire claquer la porte pour ne pas réveiller la petite fille. Avisant un poste de garde un peu plus loin sur ma gauche, je m'y rendis en serrant de mon mieux les pans de ma chemise d'hôpital sur mon dos dénudé.

— Excusez-moi ! lançai-je en interrompant une conversation animée entre deux infirmières. Je cherche ma sœur Jessica.

— Mais ! Mademoiselle ! Qu'est-ce que vous faites là ? Vous devez vous recoucher !

— Je ne veux pas dormir ! criai-je presque d'une voix affolée. Il faut absolument que je la voie !

— Mais qu'est-ce qui se passe ici ?

Je pivotai vers l'homme qui s'approchait. Avec un profond soulagement, je reconnus l'agent de police qui m'avait escortée.

— C'est ma sœur ! Je ne la trouve nulle part ! Vous m'avez affirmé que vous l'aviez retrouvée ! hurlai-je de plus en plus paniquée.

— Calme-toi ! dit-il en me prenant par le bras. Viens, allons là-bas.

Le regard que je jetai autour de moi me fit aussitôt obtempérer. Les gens avaient cessé toute conversation et m'examinaient d'un air curieux. Un monsieur, allongé sur une civière, s'était même relevé sur un coude pour pouvoir me dévisager. Je sentis mes joues rosir et suivis le policier, qui m'entraîna jusqu'à une rangée de sièges inoccupés. Il me fit asseoir sur une chaise, puis posa une main rassurante sur mon épaule.

— Nous vous avons retrouvé tous les quatre, Jérémy et Émilie Morin, toi et ta sœur, articula-t-il patiemment. Jessica dort juste à côté, dans une petite salle.

C'est à ce moment-là que je compris que l'impensable s'était produit. Les policiers qui nous avaient sauvés s'étaient trompés. Ils avaient ramené Raphaëlle, qu'ils avaient prise pour ma sœur, et Jessica était toujours quelque part au fond des bois.

16
Le retour

De retour sur ma civière, j'essayai de dormir pour ne pas avoir à réfléchir. Mon cerveau fatigué refusait carrément d'aligner les pensées. Je me laissai dériver dans une espèce de brouillard où plus rien ne pouvait m'atteindre. Les deux heures d'interrogatoire que je venais de subir m'avaient complètement épuisée. J'avais tenté de répondre de mon mieux au feu roulant des questions posées par les policiers, mais un seul fait demeurait. Jessica était toujours quelque part, perdue dans les bois.

L'arrivée de mes parents n'avait rien arrangé. L'hystérie de ma mère avait achevé de me plonger dans un puits de remords sans fond. J'étais tellement mortifiée qu'à mes yeux je ne méritais même plus de vivre. Je m'étais donc entourée d'un profond silence que plus rien ni personne ne pourrait jamais briser.

Après plusieurs heures d'attente, le médecin finit par venir m'examiner. À part une foulure à la cheville et une légère déshydratation, mon cas n'eut pas l'air de beaucoup l'inquiéter. Le mutisme et la léthargie dans laquelle je m'étais plongée semblèrent un peu plus le préoccuper, mais il décida qu'un retour chez moi me serait nettement plus salutaire qu'une nuit passée à l'hôpital en observation. C'est donc vers la fin de l'après-midi que, appuyée sur le bras de mon père, je rentrai à la maison.

Le chalet au toit vert que j'avais appris à aimer était soudain oppressant. J'avais l'impression que chacun des arbres qui l'entouraient se penchait vers moi pour examiner l'être méprisable que j'étais devenue. La jeune fille insouciante avait fait place à une personne qui m'était totalement inconnue. Une personne sombre et noire qui avait perdu complètement le goût d'exister.

Insensible au chant des oiseaux et à la douceur du vent sur ma peau, je gravis en boitillant les quelques marches qui donnaient sur l'immense galerie courant sur la façade. Sans un regard pour les planches de bois brutes fatiguées par le temps, j'entrai dans le chalet et m'empressai de grimper l'escalier qui menait à la mezzanine que je partageais avec ma sœur. Un coup d'œil sur sa porte restée entrouverte me fit sombrer un peu plus dans la déprime. Je franchis le seuil de ma chambre, m'affalai sur le lit et m'endormis, la tête enfouie sous l'oreiller.

* * *

Il était quatre heures du matin lorsque j'émergeai du sommeil. Quelque part, au fond de la maison, j'entendais les sanglots étouffés de ma mère et les murmures de réconfort de mon père. Me sentant incapable d'écouter plus longtemps les manifestations de l'immense chagrin de mes parents, j'enfilai des vêtements chauds et descendit discrètement l'escalier. Attrapant mes chaussures au passage, je traversai la cuisine d'un pas feutré, ouvrit la porte et m'enfuis dans l'obscurité.

La nuit était encore plus froide que celle d'avant. La pluie avait cessé, mais le vent restait mordant. Une image de Jessica, essayant de se réchauffer en grelottant, tenta de franchir la barrière hermétique qui protégeait mon esprit, mais je parvins à la repousser. Pour l'instant, ma seule chance de survie était de gommer tous les souvenirs et les moindres pensées qui me rappelleraient ma sœur.

Je descendis les quelques marches qui menaient sur un petit chemin que je foulai pour m'enfoncer dans les ténèbres. La nature s'était tue, en parfaite harmonie avec mon état d'âme. La lune, aussi vide que ma tête, n'éclairait rien, mais en regardant vers l'ouest, une lueur rose annonçait les prémices de l'aube qui, bientôt, réveillerait la forêt.

Mes yeux s'ajustant peu à peu à l'obscurité, je fis quelques pas sur le sentier que je connaissais par cœur tellement je l'avais emprunté. Il menait à la clairière où Jérémy et ses amis avaient l'habitude de se réunir autour d'un feu. Mais cette nuit, aucune odeur de fumée ni aucune musique ne venaient animer cette atmosphère funèbre. Tout semblait mort. Aussi mort que mon cœur. Même le souvenir du rire de Jérémy n'éveillait aucun écho en moi. J'avais l'impression qu'un froid immense et profond s'était abattu sur mon existence. Un froid que rien ni personne ne parviendrait jamais à chasser.

Une branche craqua sur ma droite, me faisant sursauter. Je m'arrêtai en retenant mon souffle, regrettant soudain de m'être aventurée aussi loin. Puis, la flamme d'un briquet éclaira brièvement un visage que je reconnus aussitôt. Adossé à un tronc d'arbre, Jérémy me fixait dans l'obscurité. Après plusieurs secondes, il s'avança pour me rejoindre sur le chemin.

— Je ne savais pas que tu fumais, dis-je, lui lançant la première chose qui me traversait l'esprit.

— C'est normal. Je viens juste de commencer, répliqua-t-il en tirant une bouffée de sa cigarette.

Nous fîmes plusieurs pas avant que l'un de nous deux décide de briser à nouveau le silence :

— Je suis désolée pour ton père…

— Non ! m'interrompit-il d'un geste sec. Moi je ne suis pas désolé.

— Mais…

— C'est correct ! Je n'ai pas envie d'en parler.

Un nouveau silence s'installa, encore plus pesant. Nous le laissâmes remplir l'espace entre nous avant que Jérémy, d'une seule parole, ne fasse voler en éclats la barrière que j'avais soigneusement érigée autour de mon cœur.

— Je suis désolé pour ta sœur…

Ces mots, prononcés avec une grande douceur, eurent sur moi l'effet d'un tsunami. Une vague de douleur déferla, balayant tous mes efforts pour tenter de repousser ma peine dans un coin fermé de mon esprit. Une souffrance mêlée de rage et de colère s'empara de moi et c'est en hurlant que je lançai en tournant le dos à Jérémy :

— Moi non plus, je n'ai pas envie d'en parler !

Sentant les larmes couler sur mes joues, je pris le parti de m'enfuir en direction du chalet. Il était hors de question que je laisse quelqu'un découvrir à quel point j'étais vulnérable. Surtout pas Jérémy. Mais je ne réussis à faire que quelques mètres avant qu'il parvienne à me rejoindre. Il m'attrapa par l'épaule, jeta machinalement sa cigarette et me serra dans ses bras.

Incapable de contenir plus longtemps l'immense chagrin qui gonflait mon cœur, j'éclatai en longs sanglots libérateurs. J'eus l'impression de pleurer pendant toute une éternité. Mais au bout d'un moment, mes gémissements commencèrent à s'espacer. Mon cœur était en mille morceaux, mais le brouillard qui avait envahi mon esprit se dissipait lentement. J'étais certaine d'une chose à ce moment-là. Si on ne retrouvait pas Jessica, je n'y survivrais pas. À cet instant précis, je pris une grande décision. Peu importe ce qu'il m'en coûterait, je retournerais au fond des bois.

Me dégageant doucement de l'étreinte de Jérémy, j'essuyai mes joues et plongeai les yeux dans son regard rempli d'inquiétude et de quelque chose que, sur le coup, je ne compris pas. Tout mon être se tendait vers lui pour me perdre dans la chaleur de ses bras, mais ma détermination fût la plus forte. Tant et aussi longtemps que Jessica serait en danger, mon âme ne serait pas en paix.

Je repoussai délicatement Jérémy pour me libérer. Comme s'il devinait le poids de ma décision, il demanda aussitôt :

— Qu'est-ce qui se passe ?

— Rien, dis-je en éludant la question.

— Non. Tu mens. Il y a quelque chose qui a changé.

— J'ai juste eu une idée.

— Laquelle ?

J'hésitai à lui répondre. Bien sûr, il aurait été prudent qu'une personne au moins soit au courant de l'endroit où je comptais me rendre, et il était hors de question d'aviser mes parents. Mais, avec raison sans doute, j'avais un peu peur de la réaction de Jérémy. Après quelques secondes à fixer son regard insistant, je me résignai tout de même à lui dévoiler mon plan :

— J'ai décidé de retourner dans les bois pour ramener Jessica, laissai-je tomber.

— Pas question ! rugit-il aussitôt. Il y a déjà une équipe à sa recherche.

— Oui, mais j'ai l'intuition que je suis la seule à pouvoir la retrouver. Si je n'essaie pas, je ne pourrai jamais vivre en paix avec moi-même.

— C'est non! cria-t-il en me serrant le bras à me faire mal.

— Pourquoi? hurlai-je à mon tour. Ce ne sont pas tes affaires!

— Ça, c'est ce que tu penses!

Il m'attrapa par les cheveux et posa brutalement ses lèvres sur les miennes. Je me débattis pendant quelques instants sous la force de son baiser, mais sans mon consentement, mon corps finit par abdiquer. Je me collai contre Jérémy et me laissai complètement aller. Sa bouche se fit plus douce et sa langue s'insinua entre mes lèvres, me faisant apprécier la saveur épicée du tabac. Une fièvre inconnue se répandit dans mes veines, allumant tout mon être de frissons délicieux.

À cette seconde précise, je sentis que Jérémy perdait le contrôle de lui-même. Il me serra à m'étouffer et fouilla ma bouche pour y goûter les moindres recoins. Je gémis de plaisir et me collai un peu plus, cherchant à me fondre totalement en lui. Après plusieurs minutes, Jérémy relâcha son étreinte et quitta mes lèvres en haletant.

— Laisse-moi au moins partir avec toi, souffla-t-il contre mon oreille.

Essayant de comprendre ce qu'il venait d'émettre, je réalisai que j'avais complètement oublié Jessica. Je me raidis et me libérai d'un coup.

— Pas question! C'est beaucoup trop dangereux! répliquai-je avec une force qui me surprit moi-même.

— Ah oui ! Et pour toi ? Ça ne l'est pas ?

— Ce n'est pas pareil ! Jessica est ma sœur !

— Ça n'a pas d'importance ! Si je n'y vais pas avec toi, tu restes ici !

— Et tu penses m'en empêcher de quelle façon ?

Il me reprit dans ses bras et m'administra un deuxième baiser encore plus langoureux que le premier. Après plusieurs secondes, il me relâcha et je manquai m'étaler sur le sol. Je me sentais aussi molle qu'une marionnette qui aurait perdu ses fils. Jérémy me retint juste à temps pour m'éviter de tomber.

— Si tu pars sans moi, je te retrouve, je t'attache et je t'embrasse jusqu'à ce que tu me supplies d'arrêter, martela-t-il.

— D'accord, dis-je d'une voix rauque, ne sachant pas trop si j'acceptais qu'il me suive ou espérais qu'il me mette au supplice.

— Bien. Attends-moi ici, je reviens.

Et il disparut à travers les aiguilles des grands sapins.

17
De retour
dans les bois

Dix minutes plus tard, Jérémy était de retour, affublé d'une carabine qui se balançait nonchalamment au bout de son bras gauche. Il portait un sac à dos qui paraissait assez lourd et mâchouillait un chewing-gum avec application. Devant mon air interrogateur, il prit la peine de préciser :

— J'ai décidé d'arrêter de fumer.

Cet aveu me fit sourire et j'acceptai avec un réel plaisir la main qu'il me tendit. Avec Jérémy à mes côtés, il me semblait que tout devenait possible.

— Par où commençons-nous ? demandai-je après quelques minutes de marche sur le sentier faiblement éclairé par le jour naissant.

— Je pense que nous devrions retourner à la caverne. Avec un peu de chance, nous trouverons des indices qui devraient nous aider.

— Tu ne sais même pas où elle est, lui dis-je d'un air amusé.

— Et toi ? Tu le sais peut-être ? répliqua-t-il.

Je libérai ma main d'un coup sec et fit semblant de lui fausser compagnie. Il me rattrapa par l'épaule et me ramena vers lui.

— Allez ! Viens ! invita-t-il en me pressant le bras. Je sais où se trouve la caverne. Mais avant, nous avons quelque chose à emprunter.

— Qu'est-ce que c'est ?

— Allons ! Fais-moi un peu confiance ! Nous sommes presque arrivés !

Je lui jetai un coup d'œil, intriguée, mais n'ajoutai rien de plus, reportant mon attention sur le sentier. Nous venions juste de dépasser la clairière où Jérémy avait l'habitude de se réunir avec ses amis lorsque le soleil darda ses premiers rayons. Une brume fine flottait au ras du sol, nimbant les sous-bois d'un linceul transparent. Des pépiements éclataient çà et là pour saluer le lever du jour, et l'air sentait bon les pins et les mélèzes.

Nous marchâmes plusieurs minutes en silence avant de croiser un autre sentier qui menait à un chalet beige. La porte principale du bâtiment s'ouvrit à notre approche, laissant passer un jeune homme à la tignasse blonde emmêlée et aux yeux brouillés de sommeil. Il se faufila sur le seuil et lança un trousseau de clés que Jérémy attrapa adroitement.

— Mes parents dorment encore alors, s'il te plaît, ne démarre pas avant la route.

— Merci vieux. Je t'en dois une, répliqua Jérémy en lui faisant un signe pour lui montrer qu'il avait compris.

— Pas de problèmes. Bonne chance.

Il referma la porte après m'avoir détaillée un moment. Jérémy contourna aussitôt la remise qui se trouvait sur le côté et revint avec un véhicule à quatre roues motrices.

— Viens, dit-il en souriant devant mon air ébahi.

— Nous allons monter là-dessus ? m'enquis-je, n'en croyant pas mes yeux.

Jérémy me répondit en élargissant son sourire avant d'emprunter l'allée, poussant le tout terrain.

Arrivés à la route principale, que je reconnus comme étant le chemin Cadieux, je me tournai vers Jérémy, car il me semblait que l'église de Notre-Dame-du-Pardon, l'endroit où avait commencé la funeste randonnée, se situait beaucoup plus au sud de notre position.

— Tu es sûr que c'est par là ? m'inquiétai-je en relevant les sourcils.

— Fais-moi un peu confiance ! répondit-il en montant sur le quatre-quatre.

J'hésitai quelques secondes, puis enjambai la carrosserie d'un vert éclatant pour me percher sur le siège derrière lui.

— Prête ? demanda-t-il en s'emparant de mes mains pour les nouer autour de sa taille.

J'hochai timidement la tête, et le véhicule démarra en trombe, me prenant au dépourvu. Complètement déséquilibrée, je raffermis ma prise et me collai plus étroitement au dos de Jérémy. L'instant de surprise passé, je fermai les paupières et enfouis mon nez dans la chaleur de sa veste pour respirer avec bonheur son odeur citronnée. J'aurais voulu que le temps s'arrête, pour que je puisse me perdre éternellement dans ce merveilleux moment, mais ma mission était trop importante pour me laisser aller.

J'ouvris les yeux sur la forêt qui défilait, ses feuillus d'un beau vert tendre et ses sapins d'un vert beaucoup plus soutenu. Le chemin Cadieux serpentait sur environ trois kilomètres avant de disparaître à travers la montagne. J'ignorais totalement ce qui se trouvait de l'autre côté des collines, mais, malgré les apparences, j'avais en Jérémy une confiance absolue.

Au moins quinze minutes passèrent, pendant lesquelles je ressassai mes idées. À chaque cahot du véhicule, je m'accrochais un peu plus à Jérémy. Mais c'est vers la caverne qu'avait habitée son père qu'étaient tournées toutes mes pensées. C'était effectivement un bon endroit pour commencer les recherches. En fouillant bien, nous y dénicherions peut-être des indices pour nous aider à comprendre où Jessica était allée.

J'en étais rendue à m'imaginer qu'avec un peu de chance, nous y trouverions aussi ma sœur lorsque le tout terrain ralentit pour emprunter un sentier qui s'enfonçait à travers la forêt. Mon cœur effectua plusieurs bonds dans ma poitrine au moment où je reconnus l'endroit où les policiers nous avaient retrouvés. Les images du cadavre à moitié mangé de monsieur Morin, de l'orage et de la poursuite endiablée qui, heureusement, s'était conclue par un sauvetage défilèrent dans mon esprit. Au souvenir de la frayeur que j'avais ressenti à l'instant où la forme noire m'avait pourchassée, une sueur froide glaça mon dos et je fus incapable de retenir un frisson rétrospectif d'horreur. Comme si Jérémy avait deviné mes macabres pensées, il lâcha d'une main le volant du véhicule pour venir enserrer la mienne.

Sans échanger un mot, nous parcourûmes la distance qui nous séparait du ruisseau qui nous avait tenu compagnie tout au long de cette sinistre journée. L'orage de la veille avait laissé des traces. Ici et là, le bois blond des troncs fraîchement abattus jonchait le sol et le petit cours d'eau qui, le jour d'avant sinuait joyeusement à travers la montagne, était à présent gonflé par les pluies torrentielles. Il était tellement large à certains endroits que je me demandais sérieusement si nous serions en mesure de le traverser.

Le sentier rétrécissait de plus en plus, à tel point que nous dûmes bientôt ralentir pour rouler presque au pas. Un arbre renversé barrant complètement le chemin mit brusquement fin à notre randonnée improvisée. Résigné,

Jérémy arrêta le véhicule et éteignit le moteur. Le silence soudain me fit presque mal aux oreilles. Un léger bourdonnement persistait, couvrant le grondement sourd du ruisseau et le chant des oiseaux.

Je descendis du tout terrain et m'approchai du gigantesque pin qui condamnait la route. Jérémy empocha les clés et me rejoignit, le visage complètement fermé.

— Je suis désolé, laissa-t-il tomber après avoir contemplé le désastre. Est-ce que tu crois que tu pourras marcher ?

Je dévisageai Jérémy quelques secondes avant de baisser les yeux vers mon pied chaussé d'une espadrille. Grâce au repos et aux bons soins du médecin urgentiste, ma cheville se portait beaucoup mieux.

— Sans problème, affirmai-je en prenant mentalement note de poser mon pied le plus droit possible au sol pour ne pas aggraver ma blessure.

Jérémy enjamba l'obstacle qui barrait la route et s'empara de mon bras pour m'aider à traverser. Dix minutes passèrent, pendant lesquelles nous échangeâmes des propos anodins, évitant autant que possible les sujets épineux. Puis, les doigts de Jérémy se crispèrent sur ma main. Inquiète, je tournai la tête pour contempler son visage d'une blancheur de craie. Je pivotai pour poser les yeux sur ce qui semblait l'avoir perturbé et avisait le cercle de terre battue où, la veille encore, gisait le cadavre de monsieur Morin. La scène était vide à présent. Seuls quelques rubans jaunes et de nombreuses empreintes de pas indiquaient que l'endroit avait été fouillé de fond en comble par les policiers. Les environs étaient déserts, les bénévoles à la recherche de ma sœur ayant déjà ratissé les bois alentour.

D'un commun accord, nous décidâmes de ne pas nous y attarder. La pâleur de mon compagnon m'inquiétait, et je dois admettre que je me sentais moi aussi incapable de contempler plus longtemps le lieu du trépas de son père. Nous reprîmes notre marche en prenant soin de garder les yeux sur la falaise de l'autre côté du ruisseau. L'entrée du tunnel qui menait à la caverne que nous avions découverte la veille ne devait plus être bien loin à présent. À peine dix minutes plus tard, la crevasse en question se profila devant nous.

— Ça alors! dis-je en réalisant à quel point nous étions près des chalets.

— Eh oui! confirma Jérémy. Au lieu de nous diriger vers l'ouest, en direction de la rivière du Lièvre, nous sommes montés vers le nord. Si nous avions continué à suivre le ruisseau sans nous arrêter, nous serions sortis des bois dès la première journée.

Ce constat me fit mal. Nous avions été si près du but! Il me semblait évident à présent que Jessica n'avait pas eu notre chance et ne s'en était pas tirée. Les bénévoles avaient ratissé tout le secteur sans résultat. Je ne voulais pas songer à l'impensable, mais il était clair que la bête qui avait attaqué monsieur Morin avait aussi emporté ma sœur. Mes jambes flanchèrent à cette idée et je tombai à genoux. Mon désarroi devait se lire sur mon visage, car Jérémy se laissa aussitôt glisser à mes côtés pour m'enlacer et me chuchoter des paroles de réconfort. Mais ses mots n'eurent aucun effet sur ma peine.

Je pleurai en silence pendant un bon moment avant de parvenir à reprendre le contrôle de mes émotions. Je finis par sécher mes larmes en passant le dos de ma main sur mes joues. Puis, je me redressai pour tenter de me donner un peu de courage. C'est à ce moment-là que je le vis.

À moitié caché par les branches d'un sapin, le monstre tapi nous épiait. Mon cœur cessa complètement de battre, figeant mon sang dans mes veines. J'ouvris la bouche, mais aucun son n'en sortit. Inquiet par ma soudaine immobilité, Jérémy tourna la tête et le vit à son tour. Je sentis mon compagnon se raidir tout entier avant qu'il ne parvienne à se reprendre. Sans quitter le monstre des yeux, il se leva lentement en faisant un écran de son corps comme pour protéger le mien.

Son mouvement déclencha chez l'animal un grognement sourd qui me fit frissonner de terreur. La bête resta cachée quelques instants encore, puis se dévoila entièrement en sortant des fourrés. Beaucoup trop grande pour être un ours, elle était recouverte de poils bruns du sommet du crâne jusqu'au bout des pattes. Ces membres antérieurs se terminaient par de longues griffes noires qui semblaient aussi affilées qu'un couteau. Son visage tenait plus de l'animal que de l'homme, mais il avait quelque chose d'étrange. On aurait dit que, sans en avoir vraiment l'apparence, il était presque aussi expressif que celui des humains.

Nous épiant de ses petits yeux noirs, le monstre s'avança en frémissant des narines, comme s'il cherchait à humer notre odeur. Même si, à ce moment-là, il ne démontrait aucune agressivité, Jérémy et moi ne pouvions nous empêcher de trembler. Lentement, avec mille précautions, la main de mon compagnon se glissa jusqu'à l'épaule où pendait la courroie de sa carabine. Son geste était courageux, mais téméraire, car il me semblait qu'aucune arme ne pourrait venir à bout du géant à fourrure qui se tenait devant nous.

Le monstre ouvrit soudain la gueule et poussa un grondement qui nous fit reculer de dégoût. Son haleine était carrément irrespirable, au point que je dus faire un effort surhumain pour ne pas vomir.

Jérémy se reprit avant moi. Il leva lentement sa carabine et rabattit le cran de sûreté avant d'effectuer un mouvement souple du poignet pour la charger. Comme si un sixième sens l'avertissait du danger, la bête fit un bond vers nous et s'élança. Je réussis à l'éviter de justesse en faisant un saut de côté, mais Jérémy n'eut pas cette chance. Laissant échapper l'arme au sol, il hurla et raidit les bras pour tenter de contrer l'attaque soudaine de l'animal.

À la vue de Jérémy aux prises avec le monstre, mon instinct prit le relais sur ma raison qui avait carrément cessé de fonctionner. Sans plus réfléchir aux gestes que je posais, je m'emparai de la carabine et visai la bête. Comme si j'avais répété ce mouvement des millions de fois, mes mains trouvèrent leur place sur le bois poli, et, sans hésitation aucune, mon doigt appuya sur la détente. Le coup partit, me projetant violemment en arrière. À ma grande surprise, je touchai l'animal qui poussa un hurlement de douleur avant de s'enfuir dans la forêt.

18
Révélations

Il me fallut plusieurs minutes pour analyser ce qui venait de se produire. Moi, Alexandra Boisvert, j'avais mis en fuite un monstre qui faisait au moins deux fois ma taille. La tête encore bourdonnante du bruit de la détonation, je contemplais la carabine d'un air ébahi lorsque Jérémy bougea à mes côtés en gémissant. Jetant l'arme au sol comme si elle m'avait brûlée, je me précipitai vers la forme qui gisait à mes pieds. La jambe gauche du pantalon de mon compagnon était couverte de sang, et son chandail, déchiré à plusieurs endroits, n'était pas en meilleur état.

— Est-ce que ça va? demandai-je en laissant mes mains papilloter sur son corps meurtri.

Un grognement de douleur me répondit lorsque je touchai un point sensible.

— Aïe! Fais un peu attention!

— Excuse-moi. J'essaye juste de vérifier à quel point tu es blessé.

Encore sonné par l'attaque de la bête, Jérémy se redressa péniblement.

— J'ai l'impression qu'il m'a mordu la jambe, mais à part ça, je crois que ça va.

— Je dirais plutôt qu'il t'a griffé, commentai-je en examinant les zébrures qui marbraient son jeans.

— D'après toi, c'était quoi? demanda-t-il en grimaçant.

— Aucune idée. Une sorte d'ours peut-être…

— Il y a une trousse de secours dans mon sac à dos, lança-t-il dans un soupir en enlevant à grand-peine l'unique courroie qui était restée accrochée à son épaule.

Je me précipitai pour l'aider à défaire les attaches et sortit une bouteille d'eau que je m'empressai de lui tendre. Jérémy dévissa le bouchon et but plusieurs longues gorgées pendant que je fouillais le sac à la recherche de la pochette médicale en question. Après une ou deux minutes d'efforts, je mis la main sur une petite enveloppe de coton gris sur laquelle était brodée une croix rouge bien visible. J'ouvris la fermeture éclair et tombai sur une paire de ciseaux que je brandis devant les yeux de Jérémy :

— Il va falloir que tu enlèves ton jeans si tu ne tiens pas à ce que je le découpe en morceaux, menaçai-je en faisant cliqueter les lames.

— Tu veux rire ? C'est hors de question !

J'approchai l'instrument de son pantalon en savourant au passage la petite revanche que je me permettais en souvenir des nombreuses fois où il m'avait servi son ironie.

— D'accord ! abdiqua-t-il en stoppant mon geste de la main. Mais je vais avoir besoin d'aide.

— Avec plaisir ! dis-je en souriant de toutes mes dents.

Jérémy se tortilla en grimaçant pour se débarrasser de son jeans. Je l'assistai de mon mieux, l'opération amenant sur mes joues une rougeur coupable. Je m'empourprai un peu plus à la vue de son caleçon et de sa peau nue, mais je repris bien vite mon sérieux lorsque mes prunelles se posèrent sur la série d'estafilades suintantes qui barraient sa cuisse gauche. La bête avait laissé sa trace, et Jérémy en garderait très certainement les cicatrices.

Plongeant à nouveau dans la trousse de secours, je partis à la recherche de désinfectant et de pansements. Je mis la main sur une bouteille d'antiseptique que je brandis avec un sourire d'excuse. Jérémy ferma les yeux et grinça des dents quand je versai la solution sur ses blessures. Il sursauta et crispa les muscles à plusieurs reprises, mais ne laissa échapper aucune plainte. Je m'employai ensuite à appliquer une pommade sur la plaie, que je protégeai avec un bandage bien serré. Puis, je l'aidai à enlever son chandail afin de nettoyer les nombreuses estafilades qui marbraient son dos. Il me laissa faire en silence, mais lorsque j'eus enfin terminé ma tâche et qu'il put enfiler à nouveau ses vêtements, son front était couvert de sueur.

Je remis les articles dans le sac et m'assis sur mes talons pour réfléchir à la situation. Nous avions de sérieux problèmes. À commencer par le fait que, même avec mon aide, Jérémy ne parviendrait certainement pas à marcher bien longtemps. Mais ce tracas n'était rien comparé à la menace de la bête qui pouvait revenir à tout moment. Le fait que je l'avais blessée ne risquait pas d'avoir amélioré son humeur…

Je soufflai dans mes joues à cette pensée et me mis debout en contemplant l'entrée de la caverne qui se dessinait dans la falaise de l'autre côté du ruisseau. Une idée commençait doucement à germer dans ma tête. Peut-être qu'en franchissant le cours d'eau, nous pourrions nous réfugier dans l'abri de pierre. Mais il ne fallait cependant pas exclure la possibilité que l'animal puisse nous y piéger…

La voix fatiguée de Jérémy interrompit mes réflexions :

— Les secours vont sûrement arriver, lâcha-t-il. Quand je suis parti, ma mère était encore à l'hôpital avec Émilie. Mais j'ai laissé un message sur son répondeur pour l'avertir que nous venions ici.

— C'était vraiment une bonne idée ! Mais en attendant, il faudrait quand même trouver un endroit où nous cacher juste au cas où l'espèce d'ours reviendrait. Tu te sens capable de marcher jusqu'à l'entrée de la caverne ?

— Tu n'es pas sérieuse ? L'eau est tellement haute que si nous traversons le ruisseau, nous serons carrément trempés. Déjà qu'il ne fait pas très chaud.

— Si on enlève nos pantalons et nos chaussures, ça devrait aller…

Les coins de la bouche de Jérémy se retroussèrent soudain sur un sourire. Rougissant jusqu'aux oreilles, je baissai la tête et entrepris de délacer mes espadrilles.

Malgré le fait que mon compagnon ne cessait de me lorgner, la traversée s'effectua avec beaucoup plus de facilité que je ne l'aurais pensé. Après avoir aidé Jérémy à se rendre de l'autre côté du ruisseau, je fis plusieurs allers-retours afin de ramasser du bois. Jérémy et moi avions convenu de rester à l'entrée du tunnel et d'allumer un feu. De cette façon, nous estimions avoir une chance d'assurer notre sécurité. Cette chose était un animal après tout, et les animaux ont peur du feu, c'est bien connu. Nous nourrissions l'espoir qu'ainsi elle se tiendrait à distance.

Aussitôt que le tas de branches me parut d'une hauteur satisfaisante, je m'approchai du brasier pour offrir mes jambes nues à la chaleur des flammes. Puis, j'enfilai mon jeans et remis mes espadrilles sous le regard brûlant de Jérémy, qui détaillait chacun de mes gestes. Avec une concentration extrême, je parvins à nouer le lacet de ma deuxième chaussure. Sa voix de velours brisa le silence :

— Et maintenant ? Qu'est-ce qu'on fait ?

Les intonations chargées de promesses de sa question déclenchèrent mes frissons. J'ignorais ce qu'il avait en tête, mais le ton qu'il avait pris pour prononcer ces mots avait fait vagabonder mon imagination.

— Je pourrais chercher des indices dans la caverne pendant que toi, tu restes ici, proposai-je, cette solution me semblant raisonnable.

— Tu auras amplement le temps d'y aller quand les secours arriveront, rétorqua-t-il. Et tu ne peux pas me laisser seul, je suis peut-être en train d'avoir un choc. D'ailleurs, j'ai très froid…

Cette affirmation formulée d'un ton traînant me fit hausser un sourcil. Il était possible qu'en effet il subisse le contrecoup de l'attaque de la bête, mais son sourire en coin démentait ses paroles. Après plusieurs secondes d'hésitation, je décidai de ne pas courir le risque. Je m'approchai lentement et m'assis tout près de lui.

Son sourire s'étira d'un cran au moment où il s'appuya tout contre moi en fermant les yeux de contentement. Je sentais la chaleur irradier de son corps et le mien réagissait de façon incontrôlable en frissonnant malgré le feu brûlant qui coulait dans mes veines. Mon bon sens fit place à la folie lorsque Jérémy me prit dans ses bras. Son visage était si près du mien que je percevais son souffle chaud dans mon cou. Son regard rempli de désir fit tomber les derniers vestiges de ma raison. Je posai ma bouche sur la sienne et l'embrassai, tout d'abord en effleurant doucement ses lèvres, puis avec une réelle passion.

Jérémy répondit à mon baiser avec une ardeur égale à la mienne. Ses mains hésitantes au début se hasardèrent à toucher des endroits de plus en plus intimes, me tirant des gémissements de plaisir, mais je ne fus pas en reste. Je fis bientôt glisser son chandail par-dessus ses épaules afin de caresser son dos. Lorsqu'il se débattit maladroitement avec la fermeture de mon soutien-gorge, je protestai d'impatience et défis moi-même l'agrafe récalcitrante. Je frémis en sentant la chaleur de ses paumes sur ma peau nue qu'il ne fit qu'effleurer. Après quelques secondes d'hésitation, il s'empara fermement de mon sein et commença à taquiner doucement le cercle plus foncé du mamelon. À ce contact, je perdis complètement le contrôle de moi-même.

Je savais que je jouais là un jeu dangereux, mais il n'y avait personne cette fois-ci pour crier et m'arrêter. Nos pantalons rejoignirent bientôt le reste de nos vêtements sur le sol et nous nous retrouvâmes étendus l'un contre l'autre, peau contre peau. Mes mains se promenaient sur son corps en frôlant de temps à autre sa virilité érigée, mais j'eus un dernier sursaut de lucidité lorsque, inopinément, je rencontrai le bandage qui recouvrait sa cuisse.

— Tu n'as pas mal? demandai-je tout bas en me reculant un peu.

— Non, mentit-il dans un souffle.

Nous restâmes immobiles quelques instants en nous contemplant, les yeux fiévreux et la respiration haletante.

— Tu es sûre? interrogea Jérémy, indécis tout à coup.

Avec tout ce qui s'était passé la veille, je n'étais plus certaine de rien du tout. Mais la perte de ma sœur et le fait que nous ayons frôlé la mort à plusieurs reprises avaient balayé les derniers vestiges de la jeune fille moralisatrice que j'étais.

— Oui, soufflai-je en reposant mes lèvres sur les siennes.

Le feu qui courait dans mes veines redoubla d'intensité lorsque je sentis son érection pulser contre mon ventre. Je gémis de plaisir et me pressai un peu plus fort contre lui. Me plaquant sur le dos, il s'étendit doucement sur moi, en fixant son regard dans mes yeux noyés de désir. Je sentais son sexe qui poussait légèrement à l'entrée de mon intimité. Jérémy tremblant de tous ses membres, je fermai les paupières et me préparai à subir la douleur provoquée par la déchirure de mon hymen. Mais rien ne se produisit. La virilité de Jérémy venait tout à coup de s'éteindre. Ce qui juste une seconde auparavant se dressait avec une grande vigueur pendait maintenant mollement entre ses cuisses. Qu'est-ce qui s'était passé ? Qu'est-ce que j'avais fait ?

Bien sûr, j'étais encore vierge, mais je lisais vraiment beaucoup, et il m'était arrivé de tomber sur des passages plutôt brûlants qui laissaient peu de place à l'imagination. J'étais donc à peu près certaine de n'avoir effectué aucun geste qui aurait pu donner un tel résultat. Au contraire, il me semblait que j'avais été un tantinet audacieuse pour quelqu'un dont c'était la première fois. Quelque chose avec mon corps peut-être ? Habituellement, le regard appuyé des garçons me disait assez clairement que j'avais un physique tout ce qu'il y avait d'acceptable, mais la réaction de Jérémy avait de quoi complexer.

Le cœur battant la chamade, je repoussai doucement Jérémy, me relevai et enfilai mes vêtements. Après
lui avoir jeté un regard en coin, je m'assis près du feu que
j'entrepris de tisonner avec un bout de branche, cherchant à me donner une contenance. Je ne savais vraiment pas quoi dire. Je me sentais tellement humiliée que
des larmes traîtresses menaçaient de mouiller mes joues
à tout moment. Je vis du coin de l'œil que Jérémy avait
remis son pantalon avant de s'adosser à la paroi de pierre,
les traits mortifiés.

— Je m'excuse, articula-t-il après plusieurs minutes
de silence embarrassant.

Il était plus qu'évident que ces simples mots lui
avaient demandé un effort inestimable. Je ne savais pas
quoi répondre cependant. J'ignorais lequel des deux avait
le plus besoin de réconfort. Comme je ne disais rien, il
reprit avec une sorte de colère dans la voix qui me fit
sursauter :

— Ce n'est pas ta faute ! C'est moi qui ai un problème ! De toute façon, tu n'aurais rien à faire d'un gars
comme moi !

Cette phrase, prononcée d'un ton encore plus sec
que les précédentes, tomba sur le silence comme l'énoncé
d'une sentence. Mon cœur déjà blessé par les événements
des derniers jours se brisa en mille morceaux. Une vérité
qui jusque-là m'avait bizarrement échappé m'apparut
tout à coup. Je pris conscience que j'étais désespérément
amoureuse de Jérémy. Cette révélation me fit mal au
point que je dus fermer les paupières pour contenir le flot
de larmes qui menaçait de déborder sur mes joues.

Un juron bien senti me fit ouvrir les yeux. Jérémy fixait mon visage avec une douleur telle que je dus me faire violence pour m'empêcher de courir me réfugier dans ses bras. Puis, un éclair de rage passa dans son regard, et c'est à ce moment-là que je compris la portée de ce qui venait d'arriver. Émilie n'avait pas été la seule à être agressée par son père, Jérémy l'avait été aussi.

19
Une surprise de taille

Je restai quelques secondes sans rien dire, stupéfiée par ce que je venais de découvrir. Puis, je me mis debout et m'approchai doucement de lui.

— Je pense que je sais ce qui t'est arrivé, murmurai-je en essuyant les traces de larmes qui mouillaient mes joues. Et je comprends pourquoi tu n'as jamais rien dévoilé. Mais à présent que ton père est… n'est plus là, tu pourrais peut-être demander de l'aide. Il y a un psychologue à l'école et…

— Ce ne sont pas tes affaires ! cracha-t-il en relevant la tête, des éclairs plein les yeux.

— Oh oui ce sont mes affaires ! répliquai-je en tombant à genoux tout près de lui.

J'agrippai brusquement sa tignasse noire d'une main et posai mes lèvres sur les siennes. Jérémy eut un mouvement de recul et tenta de me repousser. Mais j'étais vraiment décidée, car je savais au fond de mon cœur que nos relations à venir dépendraient de ce baiser.

Il se débattit pendant quelques secondes, mais je tins bon, sentant sa résistance faiblir. Après quelques ultimes instants, il rendit les armes, sa bouche se faisant plus douce sous la mienne. Il me serra dans ses bras en tremblant et m'embrassa avec une passion mêlée de rage et de douceur qui me fit complètement fondre. Mais j'avais l'intuition que, si je m'abandonnais maintenant, je risquais de gâcher mes chances de pouvoir un jour bâtir quelque chose de durable avec lui. Je quittai ses lèvres à regret et plongeai mon regard dans ses yeux verts noyés de désespoir.

— Je t'aime, avouai-je gravement, et je saurai être patiente.

Je lui laissai quelques secondes pour se reprendre, mais il n'ajouta rien. Je me relevai en échappant un soupir et m'éloignai dans l'intention de m'enfuir pour lui cacher mes larmes. Pendant quelques instants, j'avais cru possible que…

— Alex… fit-il dans mon dos, arrêtant d'un seul coup ma retraite.

Mais je ne sus jamais ce qu'il voulut me dire, car au moment même où il prononçait mon prénom, un bruit de pétarade résonna à l'extérieur du tunnel. Les secours arrivaient.

Je quittai Jérémy à regret et contournai le feu pour sortir sous le soleil. Se suivant de très près, deux véhicules tout terrain stoppèrent juste devant mes pieds.

— Mais qu'est-ce que vous faites ici? hurla presque le policier que je reconnus sur-le-champ. Vous ne pouviez pas rester sagement à la maison?

La vue de mes larmes arrêta automatiquement ses reproches.

— Qu'est-ce qui se passe? Vous avez trouvé quelque chose?

— Non, non, répondis-je en essuyant une millième fois mes joues.

L'expérience que je venais de vivre avec Jérémy me semblait difficile à expliquer alors je me rabattis sur la première chose qui me traversa l'esprit:

— Nous avons été attaqués par une sorte d'ours et Jérémy est blessé, continuai-je en montrant l'entrée du tunnel.

Le policier descendit aussitôt de son véhicule et courut rejoindre mon compagnon. Le deuxième agent mit pied à terre à son tour et disparut derrière le feu.

Ce moment inespéré de solitude m'arrangeait, car je n'étais pas certaine d'avoir encore la force de refouler ma peine. J'étais sûre à présent que Jérémy garderait le silence sur son agression, et je le comprenais. Les implications pour le reste de sa famille risquaient d'être lourdes s'il décidait d'en parler. Mais ce choix sonnait le glas sur nos relations futures, puisque sans aide je ne voyais vraiment pas comment nous pourrions nous en sortir.

Je lâchai un énième soupir et posai le regard sur la forêt, qui me paraissait beaucoup moins menaçante à présent que les secours étaient arrivés. La bête avait beau être grande et forte, elle ne ferait certainement pas le poids face à deux agents armés.

Un bruit dans mon dos me fit me retourner. Soutenu par un des deux policiers, Jérémy sortait péniblement du tunnel. Il réussit à se rendre jusqu'au premier véhicule tout terrain, où l'agent l'aida à monter. Son collègue éteignit le feu avant de venir me rejoindre pour me prendre à son bord.

Au moment où nous partions enfin, Jérémy se tourna vers moi, les yeux remplis d'une détermination qui fit bondir mon cœur dans ma poitrine. Il lança quelques mots du bout des lèvres que je n'entendis pas, le bruit des moteurs couvrant toute tentative de communication pour le moment. Mais un élan d'espoir m'envahit tout entière, car j'étais à peu près certaine d'avoir bien lu sur ses lèvres les mots qu'il venait de prononcer. Des mots qui ouvraient toute grande la porte à l'espérance d'un avenir entre nous. Ces mots étaient : « Je t'aime ! »

La joie irradiant mon visage, je fis plus qu'apprécier la promenade qui nous ramena au bercail. Le soleil était radieux, le vert des bois magnifique, et les sentiments qui habitaient mon cœur me faisaient flotter aussi légèrement qu'un papillon. Mais mon sourire s'effaça bien vite lorsque j'aperçus une deuxième voiture de patrouille qui stationnait dans l'entrée du chalet. Ma poitrine se serra d'angoisse au moment où j'entendis le policier assis devant moi marmonner :

— Mais qu'est-ce qui se passe ? Je n'ai pas été averti…

Je descendis du véhicule avant même qu'il ne s'arrête. La seule chose évidente à mes yeux qui avait pu se produire était que l'on ait retrouvé le corps sans vie de Jessica. J'ignorais qu'il me restait encore des larmes, mais mes joues se mouillèrent à nouveau en pensant à mon père et ma mère qui devaient être complètement anéantis. J'avais été sotte de vouloir chercher ma sœur moi-même. Ne considérant qu'égoïstement mon sentiment de culpabilité, j'avais omis de réfléchir à ce que mes parents éprouveraient lorsqu'ils découvriraient ma disparition.

Aveuglée par mes pleurs, je courus jusqu'à l'escalier que je grimpai en un temps record. Je traversai la galerie et franchis le seuil qui menait à la cuisine avant de stopper net. Assise confortablement devant une tasse de chocolat chaud, ma sœur racontait son aventure, les joues rosies par l'excitation.

Je restai là, les bras ballants pendant plusieurs secondes.

— Alex ! s'écria Jessica en bondissant de sa chaise. Où étais-tu passée ?

Mes parents se levèrent à leur tour pour venir m'entourer, me faisant carrément éclater en sanglots. Nous demeurâmes enlacés les uns les autres pendant plusieurs minutes, pleurant, riant et heureux de nous être retrouvés. Puis, nous allâmes nous asseoir à la table pour que le policier qui nous observait en silence termine de noter la déposition de Jessica. Impatiente de connaître son histoire, je lui demandai de reprendre au début. Ma sœur jeta un regard à l'agent qui acquiesça d'un signe de tête.

— Qu'est-ce qui t'est arrivée ? Est-ce que l'homme t'a maltraitée ? m'inquiétai-je de l'angoisse plein les yeux.

— Non, affirma-t-elle. Il m'a traînée dans les bois pendant plusieurs minutes avant que je me décide à lui mordre la main. Là, il a échappé son couteau et j'ai réussi à lui donner un bon coup de coude en dessous du menton. Alors, je me suis sauvée en courant et il n'a pas pu me rattraper. Le seul problème, c'est que j'étais perdue.

L'incrédulité et l'admiration devaient se lire dans mes yeux, car elle savoura l'instant qui suivit en prenant une gorgée de son breuvage chaud avant de continuer.

— J'ai marché dans les bois pendant, je dirais, une heure. Et là, il commençait à faire franchement noir et je ne voyais plus rien. Sauf que, un peu plus loin devant moi, il y avait quelqu'un qui avait fait du feu. Je me suis approché prudemment et j'ai aperçu un couple qui campait.

— Et qu'est-ce que tu as fait ? demandai-je encore, n'en revenant pas de ce qui lui était arrivé.

— Eh bien, je leur ai expliqué que je m'étais perdue. Ils ont éclaté de rire parce qu'ils étaient égarés eux aussi, fit-elle avec un petit sourire en coin.

— Ça alors ! Et comment avez-vous réussi à vous retrouver ?

— Nous avons d'abord passé la nuit dans leur tente, où ils ont partagé leur sac de couchage avec moi. Puis, nous avons marché pendant toute la journée, jusqu'à ce que je me souvienne de quelque chose que j'avais appris dans mon camp d'été l'année dernière.

— Qu'est-ce que c'était? demanda mon père, qui n'avait pipé mot jusqu'à présent.

— C'est que la mousse pousse toujours au nord sur le pied des arbres. Alors, nous avons essayé de nous diriger vers l'ouest et nous sommes tombés sur une équipe de secours qui justement me cherchait.

Son histoire terminée, elle replongea le nez dans son chocolat avec un sourire. Mon père serra la main de ma mère, qui essuyait quelques larmes égarées sur ses joues, et le policier referma son carnet, prêt à prendre congé.

En contemplant ma famille à ce moment-là, je n'étais pas certaine de ce que me réserverait l'avenir. Mais une chose était sûre, c'est qu'il me paraissait rempli de promesses.

20
De retour dans la caverne

Une forme sombre se mouvait dans la pénombre, éclairée uniquement par la faible lueur qui provenait de l'interstice percé à travers la pierre. Le soleil ne tarderait pas à se coucher et la bête profitait de la lumière ténue pour chercher au milieu des affaires abandonnées une odeur qui lui permettrait de repartir en chasse.

Elle déplaça un sac, découvrant un morceau de tissu blanc sali par la poussière qui attira aussitôt son attention. Elle étira l'un de ses membres antérieurs pour s'emparer de la chose, mais se rétracta à la dernière seconde en poussant un grognement de douleur. Elle tourna la tête pour examiner son épaule sur laquelle un liquide chaud et poisseux suintait à travers le brun mordoré de sa fourrrure. Un petit orifice dans sa peau abritait la balle de carabine qui l'agaçait depuis bientôt deux journées entières.

Ignorant l'élancement qui pulsait, la bête serra les dents et ferma les paupières, ses longues griffes noires se dirigeant vers la plaie avec détermination. Échappant un autre grognement de souffrance, elle fouilla pendant plusieurs secondes sa blessure avec les pinces improvisées. Avec un hoquet de surprise, elle retira brusquement sa patte de son épaule pour approcher l'étrange objet qu'elle venait d'extirper pour l'examiner des yeux. Le fragment de métal cylindrique taché de sang brillait faiblement dans l'obscurité.

La bête hurla de rage et reporta son attention sur le bout de tissu blanc. Elle plissa le museau en reconnaissant l'odeur qu'elle se rappelait avoir déjà humée auparavant. Une odeur de petite fille qui transpirait la peur. Pour elle, une odeur de vengeance.

Un étrange sourire étira la bouche de ce visage presque humain en s'emparant du morceau de coton. Rejetant la tête en arrière, la bête poussa plusieurs hurlements en signe de victoire et dirigea ses pas vers le couloir qui menait à la forêt.

À suivre...